KB114628

얼라이브

얼라이브 6

노쓰우드 장편 소설

초판 1쇄 찍은 날 § 2015년 4월 22일
초판 1쇄 펴낸 날 § 2015년 4월 29일

지은이 § 노쓰우드
펴낸이 § 서경석

편집부장 § 권태완
편집책임 § 박은정

펴낸곳 § 도서출판 청어람
등록번호 § 제387-1999-000006호
등록일자 § 1999. 5. 31
어람번호 § 제1-2109호

주소 § 경기도 부천시 원미구 부일로 483번길 40 서경B/D 3F (우) 420-822
전화 § 032-656-4452 팩스 § 032-656-4453
http://www.chungeoram.com
E-mail § chungeorambook@daum.net

ⓒ 노쓰우드, 2015

ISBN 979-11-04-90211-6 04810
ISBN 979-11-04-90086-0 (세트)

6

노쓰우드 장편 소설

FUSION FANTASTIC STORY

얼라이브

ALIVE

도서출판

청람

CONTENTS

1장

화재

"어?"

한참 만족스러운 얼굴로 모니터링을 하던 정영태가 이상한 낌새를 느낀 것은 장택근이 갑작스레 멈칫하면서부터였다. 조심스럽지만 쉼 없는 걸음으로 이우혁을 따라가던 그가 순간적으로 걸음을 멈추고는 몸을 떨었다.

산소마스크로 얼굴이 가려진 탓에 표정까지야 알 수는 없었지만 눈에 띌 정도로 당황하고 있다는 것이 모니터 너머로까지 느껴졌다.

"왜 저래?"

정영태의 말에 임수진 역시 고개를 갸웃거리며 의문 어린 얼굴을 했다.

"뭐 잘못된 거 아니에요?"

그녀가 모니터를 바라보며 걱정스레 말하는데, 장택근이 이우혁의 어깨를 잡아당겼다. 그 우악스러운 손놀림에 이런저런 장비를 주렁주렁 매달고 있던 이우혁이 순간적으로 휘청하며 균형을 잡는답시고 한참이나 뒷걸음질을 쳤다.

애드리브인가 했지만 뭔가 이상했다. 이제까지 보인 장택근의 모습을 생각하면 호흡을 맞추는 배우와의 교감을 이렇게까지 무시해 가며 돌발행동을 보일 리가 없었다.

그럼에도 불구하고 지금의 그는 뭔가에 홀린 것처럼 막무가내였다. 불안한 기색으로 주변을 둘러보더니 급기야 아역 배우까지 이우혁에게 넘겨주고는 아예 바닥에 엎드리고 마는 그의 모습에 정영태가 벌떡 자리에서 일어났다.

"커……."

촬영도 좋다지만 상황을 체크하기 위해 그가 컷 사인을 외치려는데 갑작스레 몸을 일으킨 장택근이 카메라 감독을 확 밀쳤다.

카메라 감독이 스태프와 함께 뒤엉켜 위태롭게 뒷걸음질을 치는 것이 보인다. 그리고 그 순간, 장택근이 화면에서 사라졌다.

"뭐야!"

굉음이 터져 나오고 촬영장이 아수라장이 되고 말았다. 바닥에 볼썽사납게 나뒹구는 카메라 감독과 스태프들이 얼빠진 얼굴로 사라져 버린 장택근을 찾았다.

[감독님, 이게 뭔 소리예요?]

삑 소리와 함께 무전기 너머에서 태평한 음성이 흘러나왔다. 무전기를 꼭 쥔 정영태가 혼비백산한 얼굴로 현장으로 내달렸다.

"이게 무슨……."

그리고 현장에 도착한 그는 마침내 무슨 일이 벌어졌는지 알게 되었다.

카메라 감독과 이우혁 사이의 복도가 완전히 무너져 버렸다. 그리고 그렇게 붕괴된 틈으로 화끈한 열기가 새어 나왔다. 멍한 얼굴로 불꽃이 넘실거리는 아래층의 광경을 바라보던 정영태가 소스라치게 놀라 소리쳤다.

"아래! 아래! 여기 사고가 났어! 소방관하고 구급대원 올려 보내!"

[네?]

"복도가 무너졌다고! 빨리 보내! 배우 하나가 떨어졌어!"

다급한 그의 음성에 바깥에서 대기하고 있던 스태프가 당황해서 얼빠진 대답만 반복하는데, 갑작스레 낯선 음성이 통신에 끼어들었다.

[상황이 어떻습니까?]

"어? 거긴 누구야!"

경황 중에도 용케 자신의 스태프가 아니라는 사실을 알아 챈 그가 물으니 저쪽에서 침착하게 대답해 왔다.

[조용진입니다. 현재 갑자기 3층에 불길이 보입니다. 촬영 장소가 2층입니까?]

"아, 아닙니다. 지금 저희는 4층에서 촬영하고 있습니다."

[혹시 지금 3층에 발화장치라든지 촬영을 위한 장치가 돌 아가고 있습니까?]

"아니요! 4층 촬영이 마지막이라니까요!"

그 무덤덤한 음성에 왠지 더 조바심이 난 정영태가 버럭 소 리를 지르니 무전기 저편이 금세 소란스러워졌다.

[지금 바로 올라가겠습니다. 현장에 계신 분들은 빨리 건물 밖으로 피신해 주십시오.]

조용진의 음성 너머로 김필구와 소방관들이 고함을 쳐대 는 소리가 들린다. 그 급박한 음성을 들으며 정영태는 멍한 얼굴이 되었다.

방금 전까지만 해도 희희낙락해서 모니터링을 하고 있었 는데 상황이 갑자기 돌변해 버렸다. 영화고 뭐고 배우 하나가 죽게 생긴 판국이라 그의 얼굴이 창백하게 질렸다.

"택근 씨! 장택근!"

근처에 다가서는 것만으로도 화끈한 열기가 느껴지는 붕괴의 현장, 그 끄트머리에 선 정영태가 장택근을 애타게 찾아보지만 대답은 들리지 않는다.

"다 내려가! 장비 챙기고, 인원 체크해서 빠진 사람 없이 다 내려가! 뭐 하는 거야! 배우들부터 챙겨!"

정영태의 호들갑에 스태프들이 혼이 빠진 얼굴로 분주하게 장비를 챙기고 인원을 점검하기 시작했다.

"뜨겁다……."

왜 이제야 알았을까. 아무리 주변에 피운 불꽃이 많다고 해도 지나칠 정도로 뜨겁게 달구어진 현장의 공기를 왜 이렇게 늦게 깨달았을까.

안타까운 마음에 이제는 균열 사이로 슬그머니 기어 올라오는 불길과 자욱하게 깔리기 시작한 연기를 보며 그는 욕지거리를 내뱉었다.

"씨발……."

그렇게 욕을 내뱉는데, 연기 탓인지 아니면 다른 이유 탓인지 목구멍이 꺼칠꺼칠하기만 하다.

"정 감독! 우리는 어떻게 해?"

카메라 감독의 음성에 고개를 드니 붕괴된 복도 너머에서 안절부절못하고 발을 동동 구르는 카메라 감독과 스태프 한

명이 보였다.

"어떻게 하기는, 내려가야지!"

"이쪽에는 계단이 없잖아!"

정영태가 카메라 감독 저 뒤편을 바라보니 꽉 막힌 복도의 끝이 보인다. 그러고 보니 오래된 건물이라 구조가 엉망이다.

"여길 넘어오라는 건 무리겠지?"

그의 말에 카메라 감독과 스태프가 동시에 얼굴을 일그러뜨렸다. 족히 4미터는 넘을 법한 균열에 그 아래는 새빨간 불지옥이다.

"이거 넘어갈 수 있으면 내가 여기서 카메라 들고 있겠어, 당장 올림픽 나가지!"

카메라 감독의 말에 정영태가 다시 무전기를 입에 바짝 붙였다.

"복도가 무너져서 카메라 감독하고 스태프가 빠져나오질 못하고 있는데 어떻게 할까요?"

[복도가 어디부터 어디까지 무너졌습니까? 가까이 가진 말고 무너진 부분 근처에 서서 창문 밖으로 손을 흔들어주실 수 있겠습니까?]

대답 대신 엉뚱한 말이 들려왔지만 정영태는 조용진의 지시를 그대로 따랐다. 범죄 현장은 경찰에게, 화재 현장은 소방관에게. 이런 상황에서는 전적으로 전문가의 지시를 따르는 것이 모두에게 유익했다.

"여기보다 한 1미터 정도 옆이 무너진 곳입니다."

용케 무전을 들었는지 카메라 감독의 곁에 있던 스태프 역시 반대편에서 창밖으로 손을 내밀고 열렬히 흔들어대고 있다.

[떨어진 배우는 그 사이로 떨어진 겁니까?]

"네, 근데 연기 때문에 아래층이 보이지도 않고 아무리 불러도 대답이 없어요."

그가 조급한 음성으로 대꾸하니 무전기 너머에서 잠시 침묵이 흘렀다.

[혹시 아까 소방관 역할을 맡은 배우 중 하납니까?]

"네, 장택근이라고, 그 친구가 사람들을 구하고 떨어졌어요."

정영태의 말에 조용진이 침통한 음성으로 대답해 왔다.

[장비 무게가 있어서 떨어지면서 정신을 잃었을 수도 있습니다.]

그 말을 들은 정영태의 얼굴이 새하얗게 질려 버렸다. 이제는 4층까지 얼굴을 들이미는 불꽃의 열기가 뜨겁기만 한데 저 아래서 정신을 잃었을지도 모른다니 눈앞이 캄캄해졌다.

그렇게 조용진과 무전을 주고받고 있는데 절그럭거리는 소리가 들려왔다. 고개를 돌려보니 김필구를 비롯한 동료 소방관이 이쪽을 향해 달려오고 있다.

"여깁니다!"

딱 보아도 현장이 어디인지 구분할 수 있겠건만, 조급한 마음에 정영태가 소리를 빽 질렀다.

"부상자는 없습니까?"

김필구의 말에 정영태가 카메라 감독을 쳐다보자, 카메라 감독이 고개를 저었다.

"우리보다 아래 떨어진 배우가……."

카메라 감독이 마지막 순간 자신을 밀쳐내고 대신해서 저 불지옥 속으로 곤두박질친 장택근을 떠올리고는 침통한 음성으로 말했다.

"아래는 벌써 다른 동료들이 들어갔습니다."

침착하게 카메라 감독을 안심시켜 준 김필구가 무전기를 들고 안쪽의 상황을 바깥에 알려주었다.

"현재 4층까지 올라왔다. 붕괴된 복도의 폭은 4.5미터가량으로 보인다. 아래층의 불길이 현재 4층까지 번질 기미가 보이며, 조속한 진화 작업이 필요하다."

[3층에 떨어졌다는 배우 때문에 방수 포인트를 잡는 것이 힘들다. 자칫 잘못하면 수압에 부상을 입을 수가 있다.]

그들의 통신을 옆에서 듣고 있던 정영태와 카메라 감독의 얼굴이 더욱 어두워졌다.

[현재 하나 다시 둘의 진입 포인트부터 방수를 시작한 상태다. 불길이 이상할 정도로 잘 꺼지지 않아서 진입에 애를 먹고 있다.]

"일단 이쪽도 고립된 구조 대상자를 먼저 구출하겠다."

*   *   *

뜨겁다. 몽롱한 정신이 돌아오며 가장 먼저 느낀 것은 어마어마한 열기였다. 가뜩이나 방화복 때문에 온몸이 찜통에 들어간 것 같았는데, 지금 그가 느낀 열기는 그 정도와는 비교도 할 수 없는 무지막지했다.

천천히 눈을 뜨고 몇 번이나 눈동자를 깜박거리는데 보이는 것이라고는 온통 붉고 검은 불길과 연기뿐이다.

그 비현실적인 광경에 오히려 현실감이 돌아온 장택근은 벌떡 몸을 일으켰다.

카메라 감독을 구한답시고 몸을 날렸다가 정작 본인이 이 꼴이 되고 말았다.

정신을 잃기 전까지의 상황을 떠올린 그는 여기저기서 비명을 질러대는 몸을 비틀어보며 상태를 확인했다. 팔이며 다리가 욱신거리고 결리기는 했지만 다행스럽게도 거동이 불편할 정도의 부상은 없는 듯했다.

발치에서 굴러다니는 방화 헬멧을 다시 머리에 쓰며 장택근은 주변을 둘러보았다.

불행 중 다행이라고 해야 할까. 복도가 무너지며 돌무더기가 쏟아져 내린 탓에 그가 있는 장소만큼은 불길이 미치지 않았다. 만약 그렇지 않았다면 정신을 잃고 있는 사이에 불판에 올라간 삼겹살처럼 익어버리고 말았을 것이다.

"끄응……."

잇새를 비집고 신음이 흘러나왔다.

벌써부터 온몸이 화끈거리고 숨 쉬기가 힘들어질 지경이다. 그나마 산소마스크 덕에 신선한 공기를 마실 수 있다는 것이 위안이라면 위안이었다. 그마저도 없었다면 연기를 잔뜩 들이마시고 질식해 버렸을 것이다.

자욱하게 깔린 검은 연기와 새빨간 불꽃 탓에 제대로 보이는 것이라고는 하나도 없었다. 방향을 잡고 어딘가로 향하자니 온 사방에 불꽃이다.

그런 열악한 상황임에도 불구하고 그의 얼굴은 유독 침착했다. 소방관과 동일하게 차려입은 자신의 차림새에 용기를 얻는 것인지, 그도 아니면 바깥에서 대기하고 있을 진짜 소방관을 믿는 것인지 그의 얼굴은 의외로 평온했다.

숨 막히는 열기에 잔뜩 찌푸려진 것만 빼면 그 얼굴 어디에도 두려움과 초조함은 없었다.

"거기 누구 없어요!"

장택근은 연기가 날아오르는 방향을 보고 소리쳤다.

"여기 사람 있습니다!"

자신이 생각해도 얼빠진 말이었지만 딱히 따로 할 말이 없었다. 살려달라고 하기에는 본인이 느끼는 위기감이 그다지 크지 않았다.

"택근 씨? 장택근 씨!"

대답은 엉뚱한 곳에서 들려왔다. 소리를 지른 방향은 4층의 구멍을 향해서였는데, 대답을 해온 것은 저 멀리 불꽃 너머의 어디이다.

"구조하러 왔습니다!"

"네, 기다릴게요! 대충 복도 중간쯤인데 연기하고 불 때문에 보이는 게 없어요!"

마스크 탓에 갑갑한 소리라 불의 벽을 사이에 두고 오갔다. 한참 그렇게 떠들어대는데 품에서 삑 하는 기계음이 들려왔다.

[택근 씨! 택근 씨! 내 말 들려?]

촬영을 하느라 장비하고 있던 무전기 너머에서 들려오는 정영태 감독의 음성에 걱정하는 기색이 가득하다.

"아, 네. 잘 들립니다."

그의 말에 정영태 감독과 주변 사람들이 환호했다.

[다행이야! 어디 다친 데는 없어?]

"좀 더운 거 빼면 괜찮은 것 같습니다."

딴에는 농담이랍시고 한 말인데 불쑥 호통이 터져 나왔다.

[야, 인마! 너 때문에 십년감수했잖아!]

"우혁이? 넌 괜찮냐?"

잔뜩 격앙된 이우혁의 음성에 피식 웃으며 물으니 또다시 무전기 너머 음성의 주인이 바뀌었다.

[택근 씨, 괜찮아? 정말 다친 데 없어?]

이번에는 카메라 감독이 걸쭉하게 안부를 물어왔다. 괜찮다고 대답하니 그가 무전기를 붙들고 고맙다며 몇 번이나 인사를 했다. 꼭 무사히 돌아오라는 카메라 감독의 말에 장택근은 바닥에 털썩 주저앉았다.

뜨겁게 달궈진 돌무더기라 엉덩이가 화끈거렸지만 지금은 어딘들 뜨겁지 않겠는가.

"괜찮아요. 다른 사람들은 다 무사하죠?"

그의 말에 사람들이 지금이 남 걱정할 때냐고 구박 아닌 구박을 했지만, 그 음성에 담긴 것이 질책보다는 염려뿐인 터라 그는 피식 웃고 말았다.

"그나저나 촬영이 이렇게 돼서 어떻게 한대요?"

문득 생각났다는 듯이 장택근이 묻자 무전기 너머에서 한참이나 대답이 없다.

"여보세요? 안 들리세요?"

무전기의 상태가 좋지 않은가 싶어서 몇 번이나 물어보자 그제야 대답이 들려왔다.

[아, 촬영 안 멈췄어. 지금 카메라 돌아가는 중이야.]

"네?"

상황이 이 지경이 되었는데도 아직 카메라가 돌아가고 있다는 말에 장택근이 눈을 동그랗게 떴다.

[그게… 아직 카메라 감독님도 현장에서 못 나왔어.]

그가 얼빠진 음성으로 반문하니 임수진이 변명하듯 이야기했다. 무전기 너머에서 들려온 음성에 카메라 감독 역시 무사히 현장을 빠져나왔나 했더니 그게 아닌 모양이다.

[일단은 다 나가라고 해서 빠져나오긴 했는데 카메라 감독님하고 스태프 한 명이 복도 무너진 것 때문에 못 나오고 있거든. 반대편에는 출구가 없더라고.]

그 말에 그가 고개를 들어보니 과연 무너진 천장의 폭이 상당했다. 저 상태라면 뛰어넘기에는 무리이리라.

하지만 아무리 그렇다고 해도 상황이 이렇게까지 되었는데도 카메라를 돌리는 정신 나간 작태에 황당할 지경이다.

다행스럽게 크게 다친 곳이 없다뿐이지 자신은 아직도 화재 현장의 한가운데에 고립되어 있는 것이나 마찬가지다. 어지간한 사람이었다면 당장에 패닉상태에 빠져 난리를 쳤을 것이다.

그런데도 촬영을 강행하는 제작진의 행태에 화가 나는 것을 넘어서 오히려 허탈해져 버리고 말았다.

[택근 씨, 내가 설명할게.]

임수진의 상황 설명이 답답했는지 정영태가 무전기 너머에서 말을 걸어왔다.

[일단은 카메라는 멈추지 않을 겁니다.]

그렇게 이야기를 시작한 그가 상황을 설명해 주었다.

갑작스러운 사고로 인해 현재 현장에는 카메라 감독과 스태프 한 명, 그리고 장택근만이 남아 있었다.

소방관들이 화재 진압과 인명 구조를 위해 투입되기는 했지만, 워낙에 낡은 건물이라 방수 포인트를 잡기가 쉽지 않은 모양이다. 덕분에 불길을 잡기는커녕 현 상태를 유지하는 것도 쉽지 않다고 한다.

당연하게도 카메라 감독을 비롯한 스태프는 물론 장택근의 구조 활동 역시 지연되고 있는 상황이다.

[그게 우리가 발화장치를 깔면서 방화 소재도 잔뜩 깔아뒀거든. 촬영장을 이동할 때 분명 불도 제대로 껐고. 근데도 지금 상황이 이렇게 된 게 뭔가 석연치 않아요.]

딴에는 나중에 책임 소재와 진상 규명을 명확하게 하기 위한 기록이라고 하는데 아예 말이 되지 않는 건 아니다.

[소방관들 말로도 뭔가 불길의 방향도 부자연스럽고, 이렇게 촬영이 끝나면 나머지 촬영은 어떻게 될지 몰라요. 영화 시작도 전에 엎어질 판이라고요.]

영화의 본 시나리오에 가득한 설정이 화재, 화재, 화재다. 그런데 이런 사고가 이후 촬영이 정상적인 일정대로 진행이 될지도 의문이다. 제작사가 촬영을 강행하려고 해도 여론이 좋지 않을 터이다.

그럴 바에는 차라리 낱낱이 화재 현장을 기록하여 차후에 변명할 거리라도 만들어둔다는 것이다.

[택근 씨도 첫 주연 영환데 문제 생기는 건 바라지 않잖아요.]

말만 들어보면 오직 영화를 위해서라는 그의 변명이 오히려 사려 깊기까지 하다. 하지만 장택근의 얼굴 표정은 좋지 않았다.

무전기 너머에서까지 느껴지는 정영태 감독의 들뜬 음성이 차라리 광기에 가깝다. 본인 딴에는 내색하지 않는다고 차분하게 말하지만, 그 숨길 수 없는 감정의 범람에 장택근은 차라리 아찔해졌다.

연기에 미친놈, 촬영에 미친놈, 또 시나리오에 미친놈.

이 바닥에 아무리 미친놈이 넘쳐난다고 하지만 정영태 감독은 그중에서도 제대로 미친놈이었다. 촬영을 위해서라면 그

어떤 것이라도 감수하고 남을 그 광기에 그는 소름이 돋았다.

[그래도 일단은 사람들의 안전이 최우선으로 생각하고 있으니까 너무 걱정 말아요. 그러니까 택근 씨도 괜히 위험한 행동 하지 말고 그 자리에 있어요. 지금 막 소방관들이 택근 씨 위치를 정확하게 파악했다는데.]

혀에 기름칠이라도 한 듯 지껄여 대는 정영태의 말을 들으며 장택근은 그가 이렇게까지 달변이었는지 감탄할 지경이다.

[제 말에 동의해요?]

도대체 뭐에 대한 동의를 묻는 것일까.

사후 수습을 위한 기록을 남긴다는 것에 대한 동의? 그도 아니면 영화에 지장을 주지 않기 위해서 이렇게라도 촬영을 강행하겠다는 그의 의지에 대해 동조하라는 말인가.

사방 몇 미터의 공간을 두고 맹렬하게 타오르는 새빨간 불꽃과 스멀스멀 다가오는 검은 연기를 바라본 장택근은 입술을 짓씹었다.

[그런 그렇고, 진짜 다친 데는 없어요?]

정영태의 뻔뻔스러운 음성에 그는 결국 인상을 찡그리고 말았다.

[잠깐만, 여기 누가 택근 씨랑 이야기를 좀 하고 싶다는데……]

대답할 말을 찾지 못해 무전기만 노려보고 있던 장택근은 무전기 너머에서 들려오는 음성의 주인이 바뀌자 한숨을 내쉬었다.

[장택근 씨, 조용진입니다. 아까 장비 착용할 때 봤죠?]

누군가 했더니 장비를 착용할 때 옆에서 거들어준 소방관이다.

[지금 정확하게 상황이 어떻습니까? 눈에 보이는 대로 말해봐요.]

이제야 제대로 된 반응을 보이는 것 같아 그는 빠르게 주변의 상황을 설명해 주었다.

"일단 제 주변으로는 불길이 번지지 않았습니다. 무너질 때 쏟아진 돌무더기가 불길을 꺼버린 것 같아요. 근데 사방이 불이에요. 연기도 심하고."

[당장 불길이 장택근 씨가 있는 쪽으로 번질 것 같은가요?]

"모르겠어요. 일단 당장은 괜찮은 것 같기도 한데."

조용진이 잠시 말을 멈췄다가 다시 입을 열었다.

[일단 우리 구조팀이 현장에 들어가 있어요. 순차적으로 외곽부터 불길을 잡고 있으니까 금방 구출될 겁니다. 너무 걱정하지 마시고요. 산소통에 산소는 얼마나 남아 있습니까?]

장택근은 그제야 자신의 생명줄을 떠올리고는 서둘러서 등에 멘 산소통을 벗었다. 산소통의 한편에 달린 계기판의 눈금이 산소 잔량 게이지의 반을 가리키고 있다.

"일단 반 정도는 남은 것 같아요."

[다행이네요. 지금은 괜찮은 것 같아도 실제로는 어딘가 다쳤을 수도 있으니 섣불리 움직일 생각 하지 마시고 그 자리에서 기다리십시오. 금방 구해드릴게요.]

조용진이 신신당부를 하는데, 장택근은 슬쩍 자신의 몸을 훑어보고는 고개를 저었다. 만약이고 뭐고 다행스럽게도 다친 곳은 정말로 없는 것 같았다. 이럴 때면 튼튼해진 몸뚱어리가 얼마나 고마운지 모른다.

하지만 전문가의 말을 들어서 손해 날 것은 없는지라 그는 자리에 주저앉았다. 사방에서 넘실거리는 화염을 보고도 태연하게 앉아 있기가 쉬운 일은 아니었지만 괜스레 체력을 낭비할 이유는 없었다.

가만히만 있어도 방화복을 뜨겁게 달구는 화염의 열기에 땀이 비 오듯이 쏟아지고 있다.

"알겠습니다."

[그리고 혹시 말해서 말씀드리는데, 촬영이고 뭐고 지금부터는 오직 자신의 안전에만 신경 쓰도록 하십시오. 제 말 명심하세요.]

그 말을 끝으로 다시 정영태가 무전기를 통해 말을 걸어왔다.

[지금 지원도 온다고 하니까 진짜 걱정 말고 있어요.]

당장 사방에서 불길이 타오르고 있는데 구조대고 나발이

고 세상 어느 누가 걱정하지 않을 수가 있단 말인가. 당장 기이할 정도로 차분한 그였지만 워낙에 되도 않는 말을 지껄여대는 정영태인지라 그의 인상이 절로 굳어버렸다.

[혹시 무슨 일 있으면 바로 말해요.]

정영태의 음성 뒤로 조용진이 소방관들을 닦달하는 소리가 들려왔다. 아마도 방수 지점을 더 타이트하게 잡고 현장에 투입된 인원을 재촉하는 모양이다.

"근데 감독님."

가만히 생각에 잠겨 있던 장택근이 조용히 정영태를 불렀다.

[네, 말해요. 듣고 있어요.]

"근데 지금 카메라 감독님은 정확하게 위치가 어떻게 되죠?"

그의 뜬금없는 질문에 무전기가 잠시 침묵했다.

[아마 택근 씨가 있는 곳 바로 위일 거예요. 그건 갑자기 왜?]

정영태의 말에 대꾸도 하지 않고 장택근은 사방을 둘러싼 불길과 검은 연기를 바라보았다. 연기는 천장에 뚫린 구멍으로 빨려들 듯이 솟구치고 있다. 그 사이에 언뜻언뜻 보이는 4층의 천장과 주변 정경을 보며 그는 작게 물었다.

"옆에 지금 누가 있습니까?"

계속 이어지는 영문 모를 질문에 정영태가 의아한 음성으로 대꾸했다.

[수진 씨하고 상경 씨, 그리고 스태프 몇 명 정도요. 왜요?]

"그럼 이렇게 하는 건 어떠십니까?"

정영태의 대답에 장택근이 한껏 목소리를 낮췄다.

*　　　*　　　*

"오! 나온다!"

불길이 솟구치는 화재 현장을 둘러싸고 있던 사람들이 환호를 내뱉었다.

"누가 소방관이고 누가 택근 씨야?"

사고로 화재 현장의 한가운데에 고립되었던 장택근의 생환에 환호를 했지만, 정작 어느 누가 장택근인지 구분할 수가 없었다.

재와 연기 탓에 잔뜩 검댕이가 묻은 소방관복을 차려입은 소방관들이 나오는데, 얼굴까지 새카맣게 더러워졌으니 누가 누구인지 구별하기가 쉽지 않았다. 여느 구조 대상자처럼 비틀거리며 생환을 기뻐하기라도 한다면 당장 구분할 수 있으련만 걸음걸이까지 모두 똑같았다.

묵직한 걸음걸이로 소방관들이 빠르게 현장을 벗어났다. 대기하고 있던 구급대원마저도 누가 누구인지 구분하지 못해 갈팡질팡하고 있는데, 소방관 중 한 명이 산소마스크와 방화

헬멧을 벗어 던졌다.

"택근 씨!"

"택근아!"

비록 검댕이가 잔뜩 묻은 피로 가득한 얼굴이라지만 형형한 눈빛을 한 장택근이 그들을 보며 씨익 미소를 지었다. 살아 돌아왔다는 기쁨과 피로가 범벅이 된 묘한 얼굴의 그가 터벅거리는 걸음으로 펌프차량을 향해 다가섰다.

펌프차량의 옆구리에 붙은 수도꼭지를 열고는 그대로 머리를 들이민 장택근의 머리로 물줄기가 쏟아졌다. 한참이나 물줄기에 머리를 맡기고 있던 장택근이 그제야 살 것 같은지 뒤늦게 환호를 터뜨렸다.

"으아아아아!"

잔뜩 갈라지고 쉬어버린 음성이지만 그 안에 담긴 환희만큼은 그대로 전해져 이를 지켜보던 사람들은 저도 모르게 온몸에 닭살이 돋아났다.

방금 전까지 참사가 일어날 뻔한 촬영 현장을 누비던 터라 지켜보던 이들 역시도 삶과 죽음의 경계를 명확하게 느끼던 차에 터져 나온 그의 함성에 전율이 일었다.

한참이나 길게 소리를 지르던 장택근이 펌프차의 한편에 주저앉아 한숨을 내쉬었다. 목 밴드를 풀어 헤치고 허겁지겁 방화복을 벗어젖힌 그가 심호흡을 했다.

폐부 가득 신선한 공기를 들이켠 그의 얼굴은 피로에 지친 모습이다.

"괜찮으십니까!"

장택근의 행동거지가 너무도 자연스러워 잠시 넋을 잃고 바라보고 있던 구급대원들이 뒤늦게 그에게 달려들며 호들갑을 떨었다.

"아, 뭐, 괜찮은 것 같네요."

부상 여부를 확인한답시고 이리저리 그의 몸을 살피는 구급대원의 손길을 받아넘기며 장택근은 정영태를 찾아 눈길을 돌렸다.

멀지 않은 곳에서 자신을 바라보는 정영태의 얼굴이 잔뜩 상기되어 있다. 그가 소리 없이 입을 벙긋거렸다.

'컷.'

그의 곁에 있던 카메라 감독이 슬쩍 카메라를 내렸다.

"택근 씨, 괜찮아?"

"야, 인마! 네가 무슨 용가리 통뼈라고!"

임수진과 이우혁, 그리고 김우영을 비롯한 사람들이 장택근에게 달려들어 그의 안부를 물으며 법석을 떨었다.

"이러시면 안 됩니다! 잠깐만요! 혹시 부상이 있을지 모르니까 물러서세요!"

구급대원의 호통에 사람들이 허겁지겁 물러나 그의 주변

을 둘러쌌다.

"이 새끼야, 이게 진짜 무슨 영환 줄 알아!"

이우혁이 격앙된 음성으로 소리를 치고,

"형!"

김우영이 체면이고 뭐고 팽개치고 엉엉 우는 소리를 냈다.

"다행이에요. 아무 일 없어서."

임수진 역시 눈물이 그렁그렁한 얼굴로 장택근의 무사 귀환을 축하해 주었다.

"고생했어요. 안 다치고 돌아와서 정말 다행입니다."

끝으로 정영태가 다가와 장택근에게 손을 내밀었다.

"아닙니다."

장택근이 덤덤하게 미소를 지으며 그의 손을 마주 잡았다. 두 사내의 시선이 허공중에 교차하는데 뭔가 그 눈빛이 묘했다.

그들 뒤로 인명 구조가 끝난 화재 현장을 잡느라 이리저리 부산을 떠는 소방관들의 모습이 보였다. 그리고 몇 대의 카메라가 그런 소방관들의 모습을 조용히 카메라에 담고 있었다.

2장

심장이 뛴다!

평화로운 오후. 도로에는 크고 작은 차량들이 북적대고 있다.
복잡하게 얽히고설킨 신호등에 발차와 정차를 거듭하는 차량들
의 모습이 느릿느릿하기만 하다.

웨에에에에에엥!

그 순간 그 사이를 뚫고 소방차 한 대가 사이렌 소리를 토해
내며 끼어들자, 이제까지 느긋하게 움직이던 차량들이 갑작스레
이리저리 머리를 틀며 부산을 떨어댄다.

빠아아아아앙!

클랙슨 소리와 사이렌 소리가 뒤섞인 도로가 순식간에 소란

스러워졌다. 도로 위의 차량들이 용을 쓰며 만든 틈으로 소방차
가 곡예라도 하듯 맹렬하게 질주한다.

"현장까지 10분 내로 도착한다. 형준이와 상태가 한 조, 민호
와 영식이가 한 조다. 건물이 낡았으니 최대한 빠르게 인명 구조
를 끝내고 화재를 진압한다."

소방장의 덤덤한 음성에 차량에 탑승하고 있던 소방관들이
우렁차게 대답했다.

['흩날리는 태극기'의 천만 관객 신화를 이을!]

연기가 피어오르는 낡은 주상복합 건물. 모조리 깨져 나간 유
리창 탓에 휑하기만 한 창문으로 새빨간 불길과 시꺼먼 연기가
피어오르는 것이 흉물스럽게 드러났다.

"벌써 늦은 것 같은데."

인상을 와락 찡그린 소방관들이 개인 장비를 등에 짊어지고
는 현장을 향해 내달렸다. 주변을 빙 둘러싼 채 웅성거리고 있던
사람들이 소방관들을 보고는 분분이 자리를 비켜주었다.

"화재의 원인은 밝혀진 게 있습니까!"

소방관들을 재촉해 현장으로 이끌던 소방장이 자신에게 다가
온 여인을 보고는 인상을 찌푸렸다.

"누구 연락 받고 벌써 오셨소?"

그가 걸음을 멈추지 않고 심드렁하게 대구하자 여인은 그의

곁에 바짝 달라붙어 연신 질문을 퍼부어댔다.

"여기 현장에 관계자 말고는 들여보내지 말아주세요!"

그의 말에 이미 도착해서 화재 현장을 통제하고 있던 경찰 몇 명이 '네' 하고 달려와 기자를 잡아끌었다.

끝까지 악다구니를 쓰며 물러나는 기자를 보며 그는 혀를 찼다.

"하이에나 같은 새끼들."

펌프차가 자신의 위치를 찾아 서서 호스를 늘어뜨리고, 새빨간 차량을 뒤로한 소방관들이 비장한 모습으로 불길을 향해 달려들었다. 입구부터 자욱하게 깔린 새까만 연기와 불길이 혀를 날름거리며 그들을 반겨주었다.

"여기는 둘 다시 하나, 둘 다시 하나. 현재 건물 내부에 진입했습니다. 연기가 심해 시야가 좋지 않습니다. 외부에서 보이는 건 없습니까?"

[3층과 4층의 중앙 복도에 불길이 강하다. 이동 시에 주의하라.]

소방관들의 주변으로 불티가 날리고 당장에라도 무너질 듯 천장에서 검은 재가 떨어져 버리고 있다.

"여기서 헤어지자. 나하고 상태는 위로 올라갈 테니까 민호하고 영식이는 1층하고 2층을 수색해."

"괜찮겠습니까?"

"새끼야, 우리가 언제는 괜찮아서 들어갔냐. 구조 대상자 괜찮으라고 들어가는 거지."

갑갑한 웃음소리가 소방관들 사이로 흘러나왔다.

"그럼 뭐 발견하면 무전 치고, 위험하다 싶으면 바로 이탈해.
알겠지?"

선두에 서 있던 소방관이 다른 소방관들의 헬멧을 두들겨 주
며 말했다.

"가."

[거장 정영태 감독의 신작!]

시뻘건 혀를 날름거리는 불길의 벽 앞에 멈춰 선 소방관들이
서로를 바라보며 몸을 낮춘다.

"셋."

그들의 주먹이 불끈 쥐어진다.

"둘."

한껏 낮아진 자세가 당장에라도 뛰쳐나갈 듯 움찔거린다.

"하나. 지금!"

거센 물줄기가 그나마 온전하게 창에 매달려 있던 유리를 박
살 내며 쏟아져 든다. 후두두 떨어지는 물줄기에 그들의 앞을 가
로막고 있던 화염이 요동친다. 소방관들이 잠시 불길이 주춤해
진 틈을 노려 그대로 몸을 날리자 거대한 불길이 기다렸다는 듯
이 그들을 집어삼킨다.

화르르륵!

그들을 집어삼킨 불길이 몸을 꿈틀대더니 이내 삼킨 소방관들을 다시 토해냈다.

아슬아슬하게 불길의 벽을 넘은 그들은 잠시 비틀대다가 이내 내달리기 시작했다. 한창 복도를 따라 내달리던 그들은 403호라 쓰인 문 앞에 멈춰 서더니 그대로 도끼를 꺼내 들어 문고리를 내려쳤다.

[2016년을 뜨겁게 달굴 그들이 온다!]

화장실에서 아이가 울고 있다. 욕조에 가득 물을 받아놓고는 그 안에 웅크리고 앉아 목 놓아 울고 있던 아이를 발견한 소방관이 다급하게 외쳤다.

"여기 있어!"

눈물범벅이 된 아이의 손을 투박한 손길이 잡았다.

"엄마 보고 싶어요."

"그래, 아저씨랑 같이 나가자. 빨리 나가야 엄마도 보지."

고사리만 한 손이 엉망으로 더렵혀진 소방장갑을 낀 그의 손을 꼭 쥐었다. 불이 붙은 가구들로 엉망이 된 현장을 나선 아이와 소방관이 이제는 완전히 불길에 휩싸여 버린 복도를 보며 멈칫했다.

"괜찮아, 괜찮아."

소방관이 아이를 품에 안아 들자, 곁에 있던 동료가 앞장섰다.

"내가 앞장설게. 따라와."

방화 헬멧이고 산소마스크고 내팽개친 그가 바닥에 엎드려 뺨을 바닥에 대었다. 새빨갛게 달아오른 얼굴이 금세 바닥에 가득한 재 등으로 더렵혀졌다.

"뭐 하는……."

동료 소방관의 재촉에 '쉿' 하고 손가락 하나를 세워 입을 막은 그의 눈이 찢어질 듯이 커졌다.

"피해!"

벌떡 몸을 일으킨 그가 소리를 치는데 바닥이 쩌저적 갈라진다.

"인마! 뭐 하는 거……."

동료가 손을 뻗어본다. 사내가 동료를 바라보며 입을 벙긋거린다.

'아이를 부탁…….'

미처 말이 끝나기도 전에 그의 몸이 그대로 바닥과 함께 푹 꺼져 버린다.

콰아아아아!

그리고는 온 세상이 새빨간 화염으로 뒤덮이고 말았다.

[숭고하고 아름다운 사랑과 우정의 초특급 블록버스터!]

쨍그랑!

콧노래를 부르며 설거지를 하고 있던 여인은 갑작스레 발치에 떨어진 접시를 보고는 눈을 동그랗게 떴다.

유리 조각에 베였는지 발등에서 피가 흘러나온다.

"아야……."

여인이 인상을 찌푸리며 고개를 숙이다가 그대로 멈췄다.

―현장에 출동해 있던 소방관 한 명이 화재 현장에서 실종되었습니다. 실종된 소방관은 구조 작업 중에 갑작스런 바닥의 붕괴로 인해 불길이 가장 심한 3층으로 떨어져 버린 것으로 알려졌으며 현재 생사는 밝혀지지 않았습니다.

낭랑한 뉴스 앵커의 목소리에 몸을 벌떡 일으킨 여인이 화면에 가득 담긴 화재 현장의 모습을 멍하니 바라보다 그대로 무너졌다.

[심장이 뛴다!]

"우와아아아아아아아아아아!"

껍게 바랜 화면 속에서 잔뜩 갈라진 절규와도 같은 고함 소리가 터져 나왔다.

[곧 여러분을 찾아갑니다.]

* * *

영상이 끝났지만 어느 누구도 자리에서 일어나지 못했다. 새까맣게 바랜 화면에 남은 〈심장이 뛴다〉라는 굵직한 타이프를 보며 사람들은 참고 있던 숨을 길게 내뱉었다.

그렇게 한번 숨통이 트이자 사람들의 얼굴이 붉게 달아올랐다.

"어떻습니까?"

스크린 앞에 선 사내가 자신감에 찬 얼굴로 사람들에게 물었다. 평소라면 그의 거들먹거리는 음성에 인상이라도 찡그렸을 사람들이 아무 말도 하지 못하고 멍한 얼굴을 했다.

그런 사람들의 모습을 보며 씨네스트의 홍보 담당자 권영상 실장은 득의만만한 미소를 지었다.

"별로 마음에 들지 않으십니까? 그래도 정 감독 딴에는 꽤나 공을 들인 모양입니다만."

말도 안 되는 소리. 자신이 이 영상을 처음 보았을 때 얼마나 놀랐던가. 4분에 가까운 조금은 긴 영상이지만 숨조차 제대로 쉬지 못하고 빨려들어 가버렸다. 그만큼이나 영화 〈심장이 뛴다〉의 1차 홍보 영상은 압도적이었다.

스스로 생각해도 가당찮을 소리를 지껄이며 사람들의 대답을 재촉하는데, 여전히 사람들은 얼빠진 얼굴로 화면만 바라보았다.

짝!

권영상은 손뼉을 크게 마주치며 사람들을 현실로 불러들였다.

그제야 사람들이 화들짝 놀라며 고개를 들고 입을 열기 시작했다.

"이건 정말이지……."

할 말을 찾지 못한 한 나이 지긋한 사내가 말끝을 흐리자 곁에 있던 여인이 대신해서 말을 이었다.

"기대 이상이로군요."

그녀의 말에 말문이 트였는지 뒤늦게 사람들이 앞다투어 홍보 영상에 대한 찬사를 내뱉었다.

"연출도 좋고, 배우들의 연기도 그만이야!"

"이건 뭐 정말 화재 현장을 찍었다고 해도 믿겠군요."

예상은 했지만 실제로 사람들의 반응을 확인하니 권영상은 통쾌한 마음이 들었다. 그간 투자자라는 이름으로 얼마나 제작사를 조여 댔던가.

"뭐 그렇긴 합니다. 하지만 여러분도 알다시피 저 영상을 찍으면서 아주 사소한 사고가 있었지요."

권영상의 말에 사람들이 서로를 바라보며 제각기 표정을 가다듬었다. 감탄이 가득 떠올라 있던 얼굴이 금세 사라지고 그 자리를 무표정하거나 거만한 얼굴이 대신했다.

"그래픽만으로 작업하라고 하셨다죠? 근데 저런 정도의 현장감은 그래픽만으로는 나오지 않습니다. 시간과 예산이 들더라도 현장에서만 만들어낼 수 있는 긴박감입니다."

지금 이 자리에 투자자들이 모인 이유는 지난 홍보 영상 촬영 당시에 일어났던 건물 붕괴와 이로 인해 스태프와 배우들이 고립되었던 사건을 정리하기 위해서였다.

영상의 퀄리티를 위해서라면 어느 정도의 리스크는 감수해야 한다는 감독과 배우들의 입장과는 다르게 투자자들은 분란의 씨앗을 안고 가기를 원하지 않았다. 자칫 잘못해서 영화를 개봉하기도 전에 대형사고가 생겨 영화 자체가 엎어지기라도 한다면 투자금을 회수할 길이 없는 탓이다.

게다가 이번 영화는 블록버스터를 표방하는 영화이니만큼 다른 영화들과는 차원이 다른 예산이 들어갈 예정이다. 불미스러운 일로 영화 제작에 지장이 올 경우 발생할 피해는 천문학적이리라.

"요즘은 뭐 그래픽으로 영화도 만들고 그러는데, 그냥 안전하게 가지? 영화의 질도 좋지만 사람이 다치면 안 되잖아."

가장 먼저 찬사를 내뱉은 사내가 금세 안면을 바꾸고는 딴지를 걸었다.

"그래픽으로 할 수는 있죠. 근데 말씀드린 대로 현장감은 장담 못합니다. 외국이야 기술이 좋아서 충분히 커버가 가능한 모양이지만 우리나라는 아직 그 정도 수준이 아니라서요. 그리고 참고로 말씀드리자면 예산도 컴퓨터그래픽으로 도배를 할 경우 더 많이 듭니다."

권영상의 밉살스러운 말투에 사람들이 끄응 하고 앓는 소리를 내뱉었다.

"그리고 영화는 어디까지나 사람이 만드는 겁니다. 감독도 사람이고 스태프도 사람이고 배우도 사람이지요. 그래픽으로 장난을 쳐봐야 결국 중요한 건 배우들입니다. 당장 아무것도 없는 공터에서 '불이야! 불이야!' 외친다고 기분이 나겠습니까?"

그의 말에 투자자들이 아무런 대답도 못하고 인상만 찡그리고 있는데, 이 자리의 유일한 여성이 몸을 일으켰다.

"그럼 저는 씨네스트의 결정에 맡기겠습니다. 돈 투자했다고 그걸 무슨 유세하듯이 제작사 쪼는 것도 제 취향이 아니고요. 일은 전문가에게 맡겨야죠."

그녀의 시원시원한 태도에 권영상이 환하게 미소를 지었다. 처음에는 제법 강하게 반대하던 여인인데 가장 어려울 거라고 생각한 그녀가 제일 먼저 제작사의 손을 들어주었다.

"감사합니다. 김인숙 대표님이 가장 먼저 찬성해 주실 줄은 몰랐습니다."

"처음에야 우리 배우가 다칠 뻔했다니까 반대했는데 화면을 보니까 그 정도 리스크는 감수할 가치가 있네요."

역시나 영상을 보여준 것이 주효했다고 생각한 권영상이 고개를 숙여 감사를 표했다.

"감사합니다. 실망시켜 드리지 않겠습니다."

"감사는 저 말고 우리 배우한테 하세요. 괘씸하게도 저 영상 찍을 때 정 감독하고 둘이서 뭔가 얘기를 한 모양인데, 연기 욕심 때문에 그런 거였다니 뭐라고 할 수도 없고, 이래저래 속만 상하니까 영화라도 잘 만들어주세요."

그녀의 말에 눈치를 보고 있던 투자자들이 슬쩍 자신의 의견을 개진하기 시작했다.

"그, 그래, 일은 전문가가 해야지. 그래도 조심은 하자고."

투자자들의 말을 들으며 권영상은 다른 사람에게 보이지 않게 김인숙에게 다시 한 번 눈인사를 보냈다.

영화 〈심장이 뛴다〉 대박 예감.

영화 〈심장이 뛴다〉 (제작:시네스트 필름, 감독:정영태, 각본:김지명, 주연:장택근, 임수진, 김상경)는 오랜만의 충무로표 블록버스터 영화이다. 크랭크인 전부터 천만 관객 신화를 이어온 정영태 감독의 신작이라는 타이틀로 세간의 주목을 받아왔다. 거기에 더해 각본을 쓴 김지명은 〈무궁화 13호〉를 집필해 낸 명실상부한 스타 작가이다. 영화는 제작이 시작하기도 전에 각 분야의 최고라 자부할 만한 인물들의 만남으로 화제가 되었다.

지난 제작발표회를 통해 장택근과 임수진, 김상경 등의 화려한 배우진을 선보여 더욱더 큰 화제를 낳기도 했다.

하지만 정영태 감독은 이런 정도의 관심으로는 만족하지 못했다. 그리고 그가 공개한 영화 〈심장이 뛴다〉의 1차 홍보 영상은 이전까지 받아오던 대중들의 관심과는 비교도 되지 않을 정도로 커다란 반향을 불러일으켰다.

1차 홍보 영상. 4:38초의 짧지도 길지도 않은 영상은 과연 정영태 감독이 왜 대한민국을 대표하는 감독인지를 여실하게 보여주었다.

영상 전반을 아우르는 화려한 효과와 화재 현장의 현장감은 절묘하게 극의 흐름에 녹아들어 있었다. 발걸음을 한시도 멈추지 않는 두 소방관의 일거수일투족에 초점을 맞춘 영상은 숨이 막힐 듯한 긴박함과 긴장감을 그대로 담아내어 일품이다. 온몸으로 감정을 표현하는 배우들의 연기 역시 이 영상의 백미 중 하나이다.

화려한 영상미와 액션, 배우들의 연기까지 세 마리 토끼를 한 번에 잡아낸 홍보 영상을 본 네티즌들은 지금 뜨겁게 달구어져 있다.

'너무나 빠르게 지나가는 화면 탓에 정신이 없기는 했지만, 오히려 그래서 더욱 긴장감이 넘쳐난다', '마치 실제 화재 현장을 기록한 것 같았다', '배우들의 연기가 압권이다' 등의 극찬이 주를 잇는가 하면, '정신없어서 눈으로 따라가기 힘들다', '긴장감이 지나쳐 보는 동안 피로했다', '영상이 전부 아니냐' 하는 반대 의견 또한 있었으나 대부분의 네티즌은 영화 〈심장이 뛴다〉에 대한 기대를 숨기지 않았다.

제작사 씨네스트 측은 홍보 영상의 반응에 대해,

'이번에 공개된 영상은 1차 홍보 영상일 뿐이다. 본 스토리와 극 전반적인 흐름을 아우르는 영상은 아직 공개도 하지 않았다'며 차후 영상을 공개할 것을 암시하는 한편, 기존에 공개된 영상에 대한 강한 자신감을 표출했다.

과연 영화 〈심장이 뛴다〉는 정영태 감독의 흥행 신화를 이어갈 명품 블록버스터가 될지 그 귀추가 주목된다.

텔레캐스트 김명박 기자.

영화 〈심장이 뛴다〉의 홍보 영상이 공개되었다. 블록버스터를 표방하는 영화이니만큼 당연하게도 홍보 역시 블록버스터 급에 맞게 대대적으로 홍보되었다.

공중파 채널은 물론 케이블 채널에도 〈심장의 뛴다〉의 홍보 영상이 일시에 공개되었다. 각종 사이트에는 영화의 배너가 걸렸고, 배너마다 홍보 영상이 링크되었다.

당장에라도 모니터를 뚫고 나올 듯한 불길은 현장감이 넘쳤지만 연출은 결코 과하지 않았다. 화면 가득 눈이 아플 정도로 불길이 넘쳐났지만 영상은 불길을 따라가지 않았다. 화면은 처음부터 끝까지 오직 인물들을 따라다니며 그들의 일거수일투족을 잡아내었다. 그들이 숨을 몰아쉬고 피로한 눈빛으로 주변을 살펴보고 다시 내달리고 불길을 헤쳐 나간다.

영상의 극 초반부와 임수진의 등장 장면을 빼고는 영상 자체의 흐름은 엄청나게 스피디했다.

물줄기가 쏟아진다. 불의 벽이 무너진다. 소방관들이 잠시 불길이 약해진 틈을 타 몸을 날린다. 불길에 사라졌던 소방관들이 불길을 뚫고 나타나 그대로 내달린다.

이 모든 게 불과 몇 초 만에 일어난 일이다. 애초에 다른 영화였다면 몇 번은 느린 화면으로 잡아주었을 화려하고도 임팩트 있는 장면들이 순식간에 스쳐 갔다. 1초의 시간도 허투루 쓸 수 없다는 소방관들의 다급함이 모니터 너머까지 그대로 전해져 왔다.

스피디한 화면 전반을 아우르는 화려한 효과도 정말 볼만했지만, 그중에서도 가장 압권인 것은 배우들의 눈빛 연기와 목소리였다.

산소마스크와 헬멧 등으로 가려진 탓에 제대로 보이지도 않는 얼굴이지만 영상을 보는 사람들은 그들의 감정을 그대로 느낄 수 있었다. 두려움과 피로, 그리고 모든 것을 이겨내겠다는 비장한 각오가 눈빛에 그대로 드러났다.

심지어 표정은커녕 얼굴조차 보이지 않는 장면에서조차 그들은 등으로, 또 온몸으로 말했다.

반드시 구해내고 살아 돌아가겠다는 각오가 절절하게 흘러넘쳤다.

뛰고 부숴 버리고 뒹굴고 화염에 쫓긴다. 숨 돌릴 틈도 없이 몰아치는 화면을 좇느라 영상을 본 사람들은 숨조차 제대로 쉬지 못했다. 그들의 호흡이 막 한계에 도달했을 때쯤 화면이 검게 바랬다.

그리고 어둠 속에서 터져 나온 기이한 절규, 아니, 그것은 절규라기에는 차라리 거칠고 투박한 환희 그 자체였다.

영상을 보는 내내 막혀오던 숨통이 그 고함 소리 한 번에 탁 트여 버렸다.

새카맣게 바랜 화면이 천천히 밝아지고, 소방차 앞에 주저앉은 장택근의 모습이 클로즈업됐다.

잔뜩 지친 모습을 한 그는 마치 온몸의 영혼이 다 빠져나간 듯 소방차의 타이어에 몸을 기댄 채로 숨을 몰아쉬고 있다. 방금 전까지 화재 현장을 그렇게나 뛰어다니더니 그 모습이 무색하게도 화면에 가득 잡힌 그는 너무도 나약하고 지쳐 보인다.

신이시여
제가 부름을 받을 때는
아무리 강력한 화염 속에서도
한 생명을 구할 수 있는 힘을 제게 주소서
너무 늦기 전에
어린아이를 감싸 안을 수 있게 하시고
공포에 떨고 있는 노인을 구하게 하소서
언제나 만전을 기할 수 있게 하시어
가장 가냘픈 외침까지도 들을 수 있게 하시고
신속하고 효과적으로 화재를 진압할 수 있게 하소서
제 사명을 충실히 수행케 하시고
최선을 다할 수 있게 하시어
모든 이웃의 생명과 재산을 보호하고 지키게 하소서
그리고 당신의 뜻에 따라
제가 목숨을 잃게 된다면
당신의 은총으로
제 아이들과 아내를 돌보아주소서

나직한 음성의 내레이션이 흘러나오며 천천히 화면이 어두워지다가 이내 완전히 새까맣게 변해 버렸다.
그리고 떠오르는 〈심장이 뛴다〉라는 타이프 하나. 영상을 끝까지 지켜보고 난 사람들은 왠지 모르게 먹먹해진 심정에 한동안 영상에서 눈을 떼지 못했다.

*   *   *

각종 대형 포털사이트의 메인에는 〈심장이 뛴다〉 관련 검색어들이 상위권을 차지했다.

'심장이 뛴다 홍보 영상'
'심장이 뛴다 장택근'
'심장이 뛴다 정영태'

영화에 대한 관심은 물론 감독과 배우에 대한 관심 역시 덩달아 높아져만 가고, 영상은 기록적인 조회 수를 기록하며 각종 사이트에 무서운 기세로 퍼져 나갔다.

영상미, 화려한 효과, 배우들의 연기, 극 전반을 아우르는 긴박감까지 무엇 하나 빠지지 않는 영상은 당연하게도 어마어마한 극찬을 받았다.

게다가 한 네티즌의 손을 거쳐 영문 자막까지 첨부된 영상이 유명 영상 사이트에 업로드되며 해외에서까지 반향을 일으키기 시작했다.

안 그래도 한류니 뭐니 하며 대한민국 문화에 대한 관심이 부쩍 높아지는 요즘이라 영상이 퍼져 나가는 속도는 더욱 **빠**를 수밖에 없었다.

벌써부터 한 해외의 유명 영화 평론 웹사이트에는 〈심장이 뛴다〉의 영문 제목 〈Heartbeat〉라는 이름으로 2016년에 개봉할 세계 영화 중 가장 기대되는 영화 열 편 중의 하나로 소개하기도 하였다.

덕분에 가장 신이 난 것은 제작사를 비롯한 투자자들이었다. 뚜껑을 열어봐야 안다지만 지금까지의 반응으로 봐서는 영화가 성공하는 것은 시간문제로 보였다. 게다가 유튜브를 통해 퍼져 나간 영상 덕택인지 아직 본 촬영에 들어가지도 않은 작품에 대한 해외 네티즌의 관심도가 점점 올라가고 있었다.

이대로라면 대한민국 극장가를 평정하는 것은 물론, 해외 수출까지 노려볼 수 있을 것으로 보였다.

"너 이러다가 해외로 진출하는 거 아니야?"

영상을 벌써 몇 번이나 봤는지 이지원이 다시 한 번 영상을 반복해서 재생하며 장택근에게 장난스럽게 물었다.

"에이, 아직 제작도 안 들어간 영환데. 혹시 알아? 영화가 막상 개봉해 보니 영상보단 별로라서 사람들의 관심이 금세 식을지. 우리나라 유명하잖아."

말이야 그렇다지만 그의 얼굴에 숨길 수 없는 자부심이 떠올랐다. 사고까지 겪으며 촬영한 영상인데 막상 반응이 좋지 않았으면 실망이 어마어마했을 것이다.

"아직도 이 바닥 생리를 모르네. 정영태 감독 같은 상업감독들은 철저하게 흥행을 노리고 영화를 찍거든? 홍보 영상이 이렇게 반응이 좋다는 건 제작사가 방향을 제대로 잡고 있다는 거야. 근데 영화가 망하기는 왜 망해?"

이지원의 핀잔에도 그는 싱글벙글 웃는 얼굴이다.

"근데 해외까지 노려볼 것 같기는 해. 지금 벌써부터 중국과 일본, 동남아 쪽에는 수출 이야기가 나오는 것 같더라."

김인숙 대표를 통해 전해 들은 소식을 넌지시 이야기하니 이지원이 고개를 끄덕였다.

"임수진 선배님이 원래 드라마로 한류스타거든. 다른 데는 몰라도 일본하고 중국은 백 퍼센트 사갈 것 같은데."

그렇지 않아도 각종 드라마를 통해 해외 시청자들에게 알려질 대로 알려진 임수진이다. 아담한 체구와 우아하면서도 귀여움이 공존하는 얼굴로 중국과 일본의 시청자들의 사랑을 받고 있는 그녀이니만큼 해외의 배급사들이 이번 영화에 관심을 보이는 것도 이상한 일은 아니었다.

그녀마저 낙관적인 태도를 보이니 장택근의 더욱 기분이 좋아졌다.

자신의 첫 주연 작품이 시작부터 좋은 반응을 얻고 있는데 어느 누가 기분이 좋지 않겠는가. 만면에 화색이 떠오른 그를 보며 이지원이 자랑스럽다는 얼굴을 해보였다.

"우리 택근이, 이제 진짜 스타 됐네."

그녀의 장난스러운 말에 그가 피식 웃으며 고개를 저었다.

"이제 드라마 하나, 영화 하나 찍었을 뿐인데?"

"전부터 말했지만 작품 수가 중요한 게 아니야. 어떤 작품 이냐에 따라 다른 거지."

듣고 보니 또 그녀의 말이 맞는지라 장택근은 고개를 끄덕였다.

조연이라고 하지만 제3의 주연이라고 불릴 정도로 주목을 받은 영화 〈도살자〉는 대한민국을 대표하는 감독 박준규의 근 몇 년 만의 복귀작이었다.

게다가 K방송국의 드라마 〈체크메이트〉 역시 시청자들의 무지막지한 사랑 속에서 각종 화제를 남기며 성황리에 종방을 한 상태이고, 이번 영화는 찍었다 하면 충무로와 대한민국 극장가를 들썩이게 만든다는 정영태 감독의 신작이다.

스스로 생각해도 본인의 운이 좋다고 느낄 수밖에 없는 상황이다.

"진짜 아직도 PD 하고 있었으면 뭐 하고 있었을까."

그녀의 말에 장택근이 시큰둥한 얼굴이 되었다.

불과 얼마 전까지만 해도 PD로 성공하겠다는 꿈에 부풀어 살던 그이지만, 이제는 그런 꿈조차 아련하게 느껴질 지경이다.

"뭐 운 좋았으면 입봉 하나 했고, 운 없었으면 아직도 선배들 따까리나 하고 있겠지."

그의 심드렁한 대답에 그녀가 조금은 안심한 얼굴이 되었다.

얼마 전에 있던 〈아름다운 세계〉와의 경쟁 탓에 피폐해진 그의 마음이 이제는 완전히 회복된 것처럼 보이니 그녀 입장에서는 적잖이 마음이 놓인 모양이다.

"너 설마 아직도 그때 일 신경 쓰고 있는 건 아니지?"

그녀의 얼굴을 유심히 바라보던 장택근이 날카로운 어조로 물었다. 혹시라도 지난일로 아직도 그녀가 죄책감을 갖고 있을까 봐 물어보니 역시나 평소와는 다르게 우물쭈물하는 태도를 보인다.

"인마, 지금 이렇게 잘 풀렸으면 오히려 내가 너한테 고마워해야지. 처음에 박준규 감독님 소개해 준 것도 너잖아."

이제는 완전히 연기자로 전향한 탓인지 전과는 다르게 그의 얼굴에 한 점 앙금도 남아 있지 않았다.

혹시 연기자로 잘 풀리지 않았으면 모를까, 지금의 그는 경력에 비해 꽤나 좋은 자리를 차지하고 있다. 지금 자신이 살고 있는 거처부터 시작해서 언감생심 평생 생각도 못해본 고급 외제차까지 모든 것이 전과는 비교도 할 수 없는지라 그는 지금의 삶에 만족하고 있었다.

다만 맞은 놈은 발 뻗고 자도 때린 놈은 잠을 설친다더니 이지원의 마음이 좋지 않을 뿐이다.

"그리고 이제는 연기가 슬슬 재미있게 느껴져. 보람도 있고 연기가 나아지는 걸 느낄 때 성취감도 있고. 그리고 무엇보다도 다른 사람을 연기한다는 것 자체가 재미있어."

그의 부연 설명에 그제야 그녀의 표정이 조금이나마 가벼워졌다.

"다행이야."

"그럼, 다행이지. 대한민국 여신 이지원의 남자 친군데 아직도 방구석에서 빌빌거리고 있으면 네가 너무 쪽팔리잖아."

그의 되도 않을 소리에 그녀가 미소를 지었다.

"그나저나 너 이렇게 대놓고 들락거려도 괜찮아?"

장택근이 문득 생각났다는 듯이 물었다. 요즘 들어 대한민국 연예가를 달군 이슈란 이슈는 그의 이야기이거나 아니면 그와 관련된 일들이다. 그렇다 보니 당연하게도 그의 집 주변에는 늘 기자들이 어슬렁거리고 있는데, 그녀가 이렇게 거리낌 없이 자신의 집을 드나드니 걱정이 되지 않을 수 없었다.

"내가 언제부터 그런 걸 신경 썼다고."

그녀의 말에 장택근은 피식 웃고 말았다. 생각해 보면 그녀가 기자들의 눈을 피해 몸을 사린다는 것 자체가 상상이 가지 않았다.

"왜? 팬 떨어질까 봐 걱정돼?"

그녀의 장난스러운 말에 장택근은 눈을 동그랗게 떴다. 이제는 전과는 비교도 할 수 없을 정도의 팬덤이 생긴 그이지만 그녀와는 애초에 비교가 불가능했다. 대한민국 남성 중 반은 그녀의 팬이라는 말이 있을 정도이니 그가 아무리 성공했어도 그녀에 비하는 건 무리였다.

"아니, 팬 떨어지는 것보다는 네 팬한테 맞아 죽을까 봐."

그의 장난스러운 대꾸에 그녀가 피식 웃으며 그에게 몸을 기댔다.

"내 팬 중에 그렇게 극성스러운 사람은 없어. 내가 무슨 아이돌인가?"

"하긴 네가 나이가 좀 많긴 하……."

이제는 30대를 바라보는 그녀의 나이를 떠올리며 장난스럽게 대꾸하니 그녀의 팔꿈치가 사정없이 그의 가슴팍을 찍었다.

"그래도 아직은 20대거든?"

그녀의 말에 장택근은 아픈 가슴을 부여잡고 앓는 소리를 냈다.

3장

조용진 부부

〈심장이 뛴다〉의 제작진은 당초 예상한 6월보다 빠른 4월에 본격적인 촬영에 들어갔다. 그사이에 시나리오 수정과 여러 가지 일이 있었지만 정영태 감독의 강력한 주장에 영화는 조금 급하게 촬영을 시작했다.

현장 분위기는 홍보 영상을 촬영할 때와는 다르게 사뭇 유쾌했다. 아무래도 극 전체를 아우르는 과격한 화재 현장 촬영은 전부 스케줄이 뒤로 잡힌 터라 당분간은 소소한 소방관의 일상 이야기와 극중 남녀 주인공의 애절한 사랑이 촬영의 주가 될 것이다.

일찍부터 현장에 나온 장택근은 지난 홍보 영상 촬영 이후로는 처음 대면하는 촬영 스태프들과 인사를 하느라 정신없었다.

　아무래도 지난 홍보 영상 촬영 때 큰 사고에 휘말린 그이니만큼 스태프들의 얼굴에 반가운 기색이 역력했다. 게다가 사고 경위를 들어보니 카메라 감독과 다른 사람들을 구하겠답시고 본인이 위험에 빠진 것이라니 그를 반기는 스태프들의 표정이 기껍기만 했다.

　"안녕하세요."

　"오, 택근 씨. 일찍 왔네?"

　장택근 덕에 아찔한 순간을 넘긴 카메라 감독이 선뜻 다가와 먼저 인사를 건넨다.

　"네, 어디 불편한 곳은 없으시죠?"

　언뜻 보기에도 필요 이상으로 건강한 카메라 감독의 모습이지만 예의상 그리 물으니 그가 거뜬하다며 웃음을 터뜨렸다.

　"택근 씨, 먼저 와 있었네?"

　그가 인사를 나누는 사이에 언제 도착했는지 임수진이 다가와 반가운 낯으로 인사를 해왔다.

　"아, 선배님, 오셨어요?"

　"뭘 딱딱하게 선배님이야. 이제 한동안은 부부로 지내야 할 텐데, 그냥 누나라고 불러."

극중 임수진이 맡은 김윤아는 남자주인공인 김형준과 부부 사이다. 실제로는 일곱 살이나 연상인 그녀지만 극중 김윤아는 김형준보다 두 살이나 어리다는 설정이다. 배역을 의식했는지 제법 아기자기한 디자인의 원피스를 입고 온 그녀의 얼굴이 서른일곱이라는 나이가 무색할 정도로 앳되고 순수해 보인다.

"아, 선배님도 그럼 택근 씨라고 부르지 마시고⋯⋯."

"그래, 택근이라고 부르면 되지?"

금세 말을 놓고 편하게 웃어 보이는 그녀의 모습에 그가 눈을 동그랗게 뜨니 그녀가 그의 팔짱을 끼었다.

"어차피 우리 촬영 중엔 부부잖아. 빨리 친해져야지. 안 그래, 형준이 오빠?"

그녀의 장난스러운 말투에 그가 결국 웃음을 터뜨리는데, 곁에서 지켜보고 있던 카메라 감독이 불쑥 끼어들었다.

"이거이거, 벌써부터 부부 티내는 거야? 촬영하는 동안 눈 좀 버리겠는데?"

그의 익살스러운 말에 장택근은 난감해하면서도 임수진 정도나 되는 미녀의 친근한 태도가 싫지는 않은 듯 미소를 지었다.

임수진은 지난 홍보 영상에서 보인 장택근의 의연한 태도와 희생정신에 제법 감동을 받았는지 눈에 뜨일 정도로 그에게 친근하게 대했다. 평소에도 미소가 매달려 있는 그녀인데 오늘의 그녀는 내내 웃는 얼굴이었다.

"언니, 나이 어린 훈남이랑 부부 한다고 정말 들떠 있다. 이리 와요. 내가 진짜 더 어리게 만들어줄게."

그때 저쪽에서 메이크업 도구를 이리저리 세팅하고 있던 오 실장이 임수진을 불렀다. 몇 번이나 마주친 적이 있는 그녀인지라 장택근이 눈인사를 건네니 그녀가 고양이 같은 얼굴을 하고는 배시시 웃어 보인다.

"얘 또 주책 떤다. 진짜 너는 어떻게 한시를 가만있지를 않니."

임수진이 눈을 샐쭉하니 뜨고 그녀에게 면박을 주더니 장택근에게 윙크를 해보였다.

"그럼 이따 봐요, 형준 오빠."

벌써부터 김윤아 역에 몰입했는지 인사를 해오는 그녀의 태도가 싱그럽다. 어색한 얼굴로 마주 웃어준 장택근은 이내 성민경의 부름에 자리를 잡았다.

한참 의상을 갈아입고 메이크업을 하고 있는데 정영태 감독이 현장에 도착했다. 분주하게 현장을 오가던 스태프들이 그를 보고 인사를 하는데 제법 그 분위기가 엄하다.

"오, 택근 씨! 아냐, 아냐. 일어나지 마요. 하던 거 마저

해요."

메이크업을 받는 도중에 자리에서 일어나려던 장택근은 그의 만류에 그대로 자리에 앉아 고개만 숙여 보였다.

"첫 촬영이니까 부드럽게 갑시다. 대본은 확실하게 숙지했죠?"

막상 말은 저렇게 해도 카메라가 돌기 시작하면 180도 변할 감독이라는 걸 알기에 장택근은 웃으며 그의 말에 고개를 끄덕여 주었다.

"어디 보자. 우리 택근 씨 짝꿍이 어디 계시나."

그렇게 말한 정영태는 임수진을 발견하고는 통통 뛰듯 걸음을 옮겼다. 또 그녀에게 뭐라고 짓궂은 농담을 했는지 그녀가 난감한 얼굴로 뭐라 입을 벙긋거리는데 정영태는 뭐가 좋은지 싱글벙글 웃음이 끊이지를 않았다.

"자! 준비 다 하셨으면 슬슬 찍어봅시다!"

어느 정도 시간이 흐르고 촬영장의 분위기가 정리되자 정영태가 장택근과 임수진에게 눈짓을 보냈다.

"그럼 잘 부탁드리겠습니다."

장택근이 꾸벅 고개를 숙이며 말하자 임수진이 곱게 웃으며 그의 어깨를 쳤다.

"자, 26번 신입니다! 다들 준비하시고!"

김형준은 몇 번이나 크고 작은 사고 현장을 다녀온 후 잔뜩 지친 몸으로 집으로 돌아왔다. 3조 2교대라고 말하지만 말이 그럴 뿐 실질적으로는 맞교대나 마찬가지인 근무 상황에서 그래도 혼자 있을 아내를 생각해 서의 사람들이 신경을 써준 탓에 오랜만의 귀갓길이다.

　"누구세요!"

　기다리고 있었다는 듯한 아내의 음성에 그는 애써 밝은 얼굴을 하고 어깨를 폈다.

　"나야!"

　짐짓 유쾌한 그의 음성이 채 끝나기도 전에 문이 벌컥 열리고 아내가 뛰어왔다.

　"야, 이러다 다친다니까."

　작은 새끼고양이처럼 그의 품에 뛰어든 아내 김윤아는 고개를 들 생각도 하지 않고는 그의 가슴팍에 얼굴을 비벼댔다. 그대로 있다가는 집에 들어가는 데 한세월일 것 같아 김형준은 작고 아담한 그녀의 몸을 번쩍 안아 들었다.

　"꺄!"

　작게 비명을 지른 그녀가 짐짓 놀란 얼굴을 하지만 싫지는 않은 듯 발긋게 달아오른 얼굴에 미소가 가득하다.

　"컷!"

　컷을 외치는 정영태 감독의 얼굴이 부드럽다. 다행스럽게

NG는 아닌 모양인지 첫 스타트가 나쁘지 않았다.

"흠……."

감독의 표정을 살핀답시고 미처 몰랐다. 임수진이 아직까지 자신의 품에 안겨 있다는 사실을 그녀의 헛기침 덕에 깨달은 장택근은 허겁지겁 그녀를 내려놓았다.

"그렇게 던지기야?"

그녀의 농담에 장택근은 뒤늦게 민망해져 얼굴을 붉혔다. 요즘 들어 자꾸만 이런 실수를 했다. 카메라만 돌아가면 대본에 빠져들어 자신을 잊고는 하는데, 그럴 때마다 컷 사인이 떨어지면 민망함이 배가 되어 돌아왔다.

"분위기 좋습니다. 진짜 부부라고 해도 믿겠어요. 그 분위기 그대로 이어서 다음 신 갑시다!"

정영태 감독의 말에 장택근은 어색한 얼굴로 대본을 살펴보는 척했다. 곁눈질로 임수진을 바라보니 그녀도 조금은 상기된 얼굴로 딴청을 피웠다.

"좋아요. 그 분위기 이어서 바로 레디이이이이!"

촬영은 쉼 없이 이어졌다. 한창 분위기를 탄 장택근과 임수진 덕에 큰 NG 없이 촬영은 순조롭게 흘러갔다.

"형준 오빠."

그새 익숙해졌는지 그를 형준 오빠라 부르는 그녀의 음성이 자연스러웠다. 극중 애틋한 부부 역을 연기하다 보니 두 배우는 한나절 만에 부쩍 가까워졌다.

"왜요?"

말이야 존댓말이지만 격의 없는 그의 대답에 그녀가 배시시 웃어 보이더니 싱겁게도 아무것도 아니란다. 그 해맑은 모습이 꼭 극중 김윤아가 김형준을 대하는 것과 다르지 않아 장택근은 저도 모르게 심장이 두근거렸다.

"오, 택근 씨! 표정 좋아! 그럼 여세를 몰아서 다음 신 갑시다!"

눈치 없는 정영태 감독이 콕 집어 그를 가리킨 탓에 그는 괜히 무안해진 나머지 딱딱한 얼굴을 해보였다. 그 굳은 얼굴도 이내 이어진 그녀의 살가운 태도에 금세 녹아버렸지만 말이다.

"액션!"

정영태 감독의 사인이 떨어지기가 무섭게 장택근과 임수진은 극중 김형준과 김윤아로 분했다. 애틋한 눈길로 서로를 바라보는 그들의 모습이 너무도 자연스러워 카메라의 뷰파인더에 눈을 대고 있던 카메라 감독은 잠시 고개를 들었다.

극중 부부나 연인을 연기하는 경우 많은 배우가 실제 현실에서까지 그 호감이 이어져 연결되고는 했다. 지금 눈앞에서 서로를 다정하게 바라보는 두 배우를 보고 있자니 저절로 흐뭇한 미소가 지어지는 게 선남선녀가 따로 없었다.

물론 임수진 쪽이 나이가 조금 많긴 하지만 액면가로 보기에는 오히려 장택근이 연상처럼 보인다. 지난 사고 이후 부쩍 장택근을 살갑게 생각하고 있던 카메라 감독은 작게 중얼거렸다.

"잘 어울리네."

*   *   *

김윤아는 이를 악물었다. 당장에라도 꽉 다문 잇새를 뚫고 터져 나올 것 같은 처절한 숨결을 붙잡고 그녀는 부서져라 이를 꽉 물었다.

"으으……."

등 뒤로 김형준의 앓는 소리가 터져 나오고 있다. 자신만큼이나 어금니를 악다물고 신음을 참아내는 그의 고통스러운 숨소리가 그렇게 안쓰러울 수가 없다.

"후우……."

당장에라도 벌떡 일어나 고통스러워하는 그를 보듬어주고 싶지만, 그렇게 하면 그가 이를 악다물고 신음을 참아내는 것이 무색해져 버리고 만다.

소방관의 아내로 산다는 것은 이런 것이다. 내내 떨어져 지내다가 이따금씩 남편이 집에 들어올 때면 불길에 치이고 사람에 치이고 겨무에 치여 잔뜩 지친 몸으로 밤새 꿍꿍 앓기 일쑤다.

그마저도 아내가 걱정할까 봐 이를 악물고 신음을 참아내다 그녀가 잠들고 나서야 저렇게 억눌린 신음이라도 내뱉고는 한다.

억장이 무너지고 가슴이 찢어진다. 이렇게나 힘들 줄 알았다면 부모님이 반대할 때 못 이기는 척 부모님의 의견을 받아들일걸 그랬다.

"고윽……."

오늘은 또 어떤 현장에 나가서 어디를 얼마나 다친 것일까. 짐승처럼 소리 죽여 신음하는 남편의 떨림을 등 뒤로 느끼던 그녀는 그의 신음이 잦아들자 결국 참지 못하고 눈물을 흘리고 말았다.

작게 떨리던 그녀의 어깨가 이내 크게 격하게 들썩이고 억눌린 흐느낌이 마침내 잇새를 비집고 새어 나왔다.

"흑……."

잔뜩 소리를 죽인 그녀의 흐느낌에 잠든 줄 알았던 김형준의 눈이 뜨였다. 처참하게 일그러진 얼굴의 그의 눈가에 눈물이 고이고 이가 악물렸다.

그렇게 그와 그녀는 서로 등을 돌린 채 소리 죽여 흐느꼈다.

"컷!"

정영태 감독의 컷 사인이 떨어졌지만 단지 카메라의 램프만 꺼졌을 뿐 스태프들은 허투루 움직이지 못했다.

비록 영화일 뿐이지만 너무도 안타까운 두 남녀의 모습에 가슴이 먹먹해진 듯 여자 스태프들은 소매로 눈가를 훔쳐 내었다.

"쯧쯧……."

감정이 복받쳤는지 여전히 눈물을 멈추지 못하고 흐느끼는 임수진을 보며 정영태가 혀를 찼다.

"김 작가가 대본 하나는 기차게 썼네. 아주 그냥 심장을 도려내누만, 도려내."

사지를 넘나드는 소방관과 그의 아내의 절절한 심정을 지나칠 정도로 잘 표현한 김지명 작가의 역량에 내심 혀를 내두르며 그는 곁에 있던 스태프에게 외쳤다.

"누가 닦을 것 좀 가져다 줘, 멍하니 보고만 있지 말고!"

침대에 걸터앉은 장택근이 먹먹한 얼굴로 임수진을 바라보는데, 그녀가 그의 얼굴을 보고는 와락 울음을 터뜨리며 품에 안겨왔다.

"괜찮아요."

뭐가 괜찮다는 건지도 모르고 그가 그렇게 말해주니 그녀가 서럽게 울고 또 운다. 정영태의 말에 닦을 것을 들고 뛰어온 스태프가 주춤거리며 서 있자 장택근이 손을 내밀었다. 얼떨떨한 얼굴로 서 있던 스태프가 티슈 뭉치를 내밀었다.

"누나, 여기……."

장택근의 말에 티슈를 냉큼 받아 든 임수진이 그의 품에서 떨어지며 티슈로 허겁지겁 얼굴을 닦아내고는 고개를 숙였다. 이제 겨우 감정이 잦아들었는지 작은 어깨가 간신히 멈추었다.

"보지 마!"

임수진의 갑작스러운 말에 장택근이 눈을 동그랗게 뜨니 저 멀리서 임수진의 스타일리스트 오 실장이 부리나케 뛰어왔다.

*　　　*　　　*

"컷!"

컷 사인을 외치는 정영태 감독의 목소리도 슬슬 갈라지기 시작했다. 해도 뜨지 않은 이른 새벽에 시작된 촬영이 저녁이 되어서야 간신히 끝이 났다.

"수고하셨습니다!"

그래도 아직은 촬영 첫날이라 그런지 수고했다고 외치는 스태프들의 목소리나 카메라 앞에서 몸을 푸는 배우들의 얼굴에 피로보다는 설렘이 가득했다.

"겨우 끝났네. 진짜 내가 영화 한 편 찍고 나면 늙는다니까."

"누나, 눈 밑에 다크서클 장난 아닌데요."

기지개를 펴며 엄살을 떠는 임수진의 말에 장택근이 장난스럽게 대꾸하니 그녀가 주먹을 쥐고는 그의 가슴팍을 툭 쳤다.

"이쯤 되면 선방한 거거든? 요즘 젊은 애들도 이 정도 일정이면 다크가 입술까지 내려오거든?"

거의 한나절을 꼬박 부부로 연기한 탓일까. 부쩍 친근해진 두 남녀가 서로 툭탁거리며 장난을 치는데 정영태 감독이 말했다.

"거기 부부, 사랑싸움도 좋은데 집에 가서 따로 합시다!"

장난스러운 그의 말에 분주하게 현장을 정리하던 스태프들이 와 하고 웃음을 터뜨렸다.

"어휴, 알았어요. 우린 이만 가볼게요."

그 말에 부정도 긍정도 하지 않은 임수진이 뒤늦게 피곤한 얼굴로 인사를 하니 스태프들이 손을 흔들어주었다.

"그럼 조심히 들어가고. 괜히 애먼 데로 새지 말고 들어가서 푹 쉬어. 알지? 영화는 장거리 달리기야. 초반에 체력 남아돌 때 관리 잘해야지 안 그러면 나중에 가서 고생한다."

꼭 친누나라도 되는 양 그를 챙겨주는 그녀의 음성이 살갑다. 장택근이 피식 웃으며 그녀를 보내주는데 카메라 감독이 다가왔다.

"택근 씨, 우리 한잔하러 갈 건데 같이 갈래?"

그 무거운 카메라를 들고 하루 종일 고생했음에도 카메라 감독의 목소리는 생생했다. 우리나라 강골은 전부 영화판에 몰려 있다더니 과연 그 소리가 아주 사실무근은 아니구나 생각한 장택근은 고개를 절레절레 저었다.

"오늘은 빼주세요."

곤란한 얼굴로 사양하는 장택근의 모습에 카메라 감독이 아쉽다는 듯 입맛을 다셨다.

"그럼 다음에는 꼭 한잔하자고. 그땐 빼기 없기다?"

웃는 얼굴로 다음엔 꼭 그러겠노라 대답한 장택근은 촬영장을 빠져나갔다.

* * *

촬영을 한 아파트를 빠져나가니 언제 몰려들었는지 사람들이 잔뜩 몰려들어 있다.

"꺄! 장택근이다!"

누군가의 고함 소리에 현장을 기웃거리고 있던 사람들이 금세 소리를 지르며 그에게 몰려왔다.

"사인 좀 해주세요!"

"오빠, 사랑해요!"

"엉엉! 날 가져요!"

순식간에 쏟아지는 온갖 말을 피곤한 기색도 없이 일일이 받아주고 있는데 누군가가 다가와 사람들을 막아냈다.

"저기, 장택근 씨가 방금 촬영이 끝나서 많이 피곤합니다. 사인은 나중에 받으시고 지금은 그냥 보내주세요."

능숙한 손길로 팬들을 슬쩍 밀어낸 그가 장택근을 보며 한쪽 눈을 찡긋했다. 얼결에 그의 에스코트를 받게 된 장택근은 아쉬운 얼굴로 물러나는 팬들을 보며 한숨을 내쉬었다.

이렇게 팬들이 달려들 때가 가장 곤란했다. 무작정 전부 받아주기에는 언제까지 붙잡혀 있을지 모르니 거절하기도 호응해 주기도 애매했다.

"고마워요. 근데 상훈 씨가 왜?"

팬들이 보이지 않을 때쯤이 되어서야 장택근은 감사를 표했다.

"누나가 그러던데요. 오늘 추 실장님 일 있어서 먼저 가신 모양이라고. 분명 어설프게 팬들 맞춰준다고 곤란해하고 있을 거라고 저더러 가서 도와주라고 했어요."

김상훈의 말에 장택근은 고맙다고 다시 한 번 인사했다.

너무나 빠르게 인기를 얻은 탓일까. 가끔은 스스로의 인기를 미처 깨닫지 못할 때가 있었다. 늘 곁에서 챙겨주는 추영훈이 있기 때문인지 이렇게 그가 사무실 일로 자리를 비울 때면 무방비 상태가 되곤 했다.

"아직 익숙지가 않아서 이럴 때면 늘 당황스럽네요."

웃는 낯으로 속내를 드러내니 김상훈이 다 이해한다는 표정으로 고개를 끄덕였다.

"차 없으시죠? 제 차 타고 가세요."

"아뇨. 괜찮아요. 조금만 기다리면 회사 차 올 거예요."

촬영이 끝날 때쯤 연락했기에 어쩌면 벌써 차가 이 근방에 와 있을지도 몰랐다.

"에이, 밖에서 기다리시게요? 그러다가 또 팬들 몰려들면 고생할 텐데요."

그렇게 말한 김상훈이 주차장의 한편에 주차되어 있는 흰색 밴을 가리켰다.

"타요. 수진 누나 기다려요."

대답도 듣지 않고 운전석에 냉큼 올라타 버리는 탓에 장택근은 하는 수 없이 밴에 올랐다.

"얼굴 보니까 벌써 한번 붙들렸지?"

밴에 오르기가 무섭게 임수진이 혀를 찼다.

"아무 생각 없이 그냥 나왔는데 주변에 그렇게 사람이 많을 줄이야……."

그가 뺨을 긁적이며 대꾸하니 그녀가 고개를 절레절레 저었다.

"앞으로도 계속 그럴 거야. 촬영장 주변에는 항상 사람들이 몰려들게 마련이거든. 오늘같이 건물 안에서 찍으면 그나마 나은데 길에서 찍기라도 하면 아마 쉬는 시간에도 각 잡고 앉아 있어야 할 거야."

그녀의 말에 장택근은 길게 한숨을 내쉬었다. 인기를 얻는다는 게 좋기도 하지만 때로는 이렇게 불편한 일이 생기기도 했다.

아무래도 연예인으로 살아간다는 것 자체가 사실상 살면서 누려야 할 많은 부분을 포기하고 살아야 한다는 소리와 다르지 않았다.

"어디로 갈 거야?"

"차 오면 그냥 갈게요."

자신의 매니저까지 보내준 그녀에게 더 이상 폐를 끼치는 것은 곤란했다.

장택근이 휴대폰을 꺼내 들며 대답하자 그녀가 여린 얼굴에 어울리지 않는 엄한 얼굴을 하며 말했다.

"선배의 호의는 그렇게 막 거절하는 거 아니야. 그리고 택근이 차 오려면 내가 여기서 한참 기다려야 하잖아. 그럴 바에야 차라리 그냥 가. 태워다 줄게."

그녀의 말에 결국 거절도 못한 장택근이 휴대폰을 들어 회사에 연락을 하니 휴대폰 너머에서 추영훈의 목소리가 들렸다.

사정을 설명하니 처음에는 자리를 비운 것에 대해 미안해하던 그가 임수진의 차를 얻어 탄다는 소리에 기꺼워했다.

아무래도 배우 생활이라는 게 인맥이 중요하니만큼 충무로에서 제법 영향력이 있는 그녀와 장택근이 가까워지는 것이 반가운 모양이다.

통화를 마친 장택근이 집 주소를 알려주니 김상훈이 호들갑스럽게 '알아서 모시겠습니다' 하고 외쳤다가 임수진의 핀잔에 입을 다물었다.

"근데 연기 경력이 길지 않은데 연기의 기본이 되어 있는 것 같아."

그녀의 뜬금없는 칭찬에 장택근이 민망한 얼굴을 했다.

"어쭙잖게 겉멋도 안 들어가 있고, 딱 감정만큼만 보여주는 게 참 좋은 것 같아."

"아직 부족하죠."

계속된 그녀의 칭찬에 그는 무안해 딴청을 피워댔다.

"앞으로 잘해봐."

그녀가 새삼스럽게 손을 내밀어 장택근은 겸연쩍은 표정으로 그녀가 내민 손을 마주 잡았다.

"잘 부탁드려요, 누나."

고개를 꾸벅 숙이며 말하는데 갑작스레 호주머니에 들어 있던 휴대폰이 진동음을 토해냈다.

"전화 받아."

임수진이 방해하지 않겠다며 휴대폰을 꺼내 들고는 이어폰을 연결했다.

"네, 장택근입니다."

창밖으로 시선을 돌린 그녀를 바라보며 조그만 목소리로 전화를 받으니 전화기 저편에서 우물쭈물하는 사내의 음성이 들려왔다.

―아, 안녕하세요. 저번에 한번 봤죠? 그 왜…….

"안녕하세요. 조용진 소방관님 맞으시죠?"

장택근은 힘겹게 말을 이어가는 상대의 태도가 우습기도 하고 안쓰럽기도 해 냉큼 아는 척을 해주었다.

그가 반갑게 전화를 받아주자 조용진의 음성이 대번에 밝아졌다.

―네, 바쁜데 제가 전화한 건 아닌지…….

현장에서 보았을 때는 성정이 불같더니만 이렇게 전화 통화를 하니 또 다른 느낌인지라 장택근은 피식 웃으며 대꾸했다.

"바빠도 조용진 소방관님 전화는 받아야죠. 제 생명의 은인 아니십니까."

그렇지 않아도 지난 화재 현장에서 크게 도움을 받은지라 장택근은 그의 전화가 그렇게 반가울 수가 없었다.

그날의 고마움이 너무도 커 전화번호도 선뜻 본인이 먼저 주었고, 일간 시간이 나면 술이라도 한잔 대접한다는 말까지 했는데 소방관의 삶이란 게 만만치가 않은지 몇 달이나 지난 지금에 와서야 연락이 왔다.

그의 목소리에 진심이 느껴졌는지 조용진이 뒤늦게 우물 쭈물하며 자신의 용건을 꺼냈다.

조용진은 첫인상과는 다르게 연예인을 봤노라며 집에서 자랑을 했나 보다.

그냥 자랑이면 좋은데 대화가 뜸해진 아이가 보이는 오래간만의 관심에 신이 나서 있는 말 없는 말 떠들어대다 보니 자신이 연예인 여럿을 구해주었고, 당장 부르기만 해도 그중 몇은 나온다며 허풍을 치게 된 모양이다.

오랜만에 만난 아이와 신이 나서 떠들어대다 보면 무슨 말인들 못하겠는가. 내내 밖에서 일하는 가장과 아이들의 간극이 사회적 문제로까지 대두되는 요즘이니 그의 심정이 십분 이해가 갔다.

ㅡ미안해요. 그게… 말하다 보니까… 요즘 우리 딸내미하고도 좀 소원했고…….

죄를 지은 것도 아닌데 괜스레 기가 죽어 변명하는 듯한 조용진의 말을 냉큼 자르고 말했다.

"사실 틀린 말도 아닌데요? 제 생명의 은인도 맞으시고, 소방관님이 부르시면 냉큼 가야죠."

—아니, 그게… 내가 그렇게까지 염치없는 놈은 아니고, 통화라도 해달라고…….

그래도 바쁠 게 분명한 장택근을 불러낸다는 것은 내키지 않았는지 그는 통화만 해도 충분하다고 반복해서 말했다.

결국 한숨을 내쉰 장택근이 알았노라 대답하자 수화기 너머에서 우당탕하는 소리가 들리더니 누군가에게 전화기를 넘겨주었다.

—여보세요?

이제 중학생이나 됐을까 싶은 앳된 목소리가 휴대폰 너머에서 들려오자 장택근은 부드러운 음성으로 말했다.

"응, 네가 보연이니? 아저씨는 보연이 아빠 친군데……."

—네, 안녕하세요.

한창 질풍노도의 시기일 아이가 의외로 예의 바르게 인사를 해오는데 그 목소리가 그렇게 깜찍할 수가 없었다.

"장택근이라고… 보연이가 아빠 말 안 믿었다면서. 아저씨 진짜 보연이 아빠 아니었으면 큰일 날 뻔했는데……."

그런데 막상 전화를 하고 보니 장택근은 제 입으로 자기가 유명배우 장택근이라고 말하기도 뭣하고 딱히 할 말이 없어 곤란해지고 말았다.

—아저씨가 장택근이라고요? 그걸 어떻게 믿어요? 아빠랑

짰죠?

역시나 예의 바른 건 처음뿐이고 당돌한 아이의 말에 장택
근은 진땀을 흘렸다.

"어휴, 답답해. 이리 줘봐."

그때 마침 이어폰을 끼고 노래라도 듣는 시늉을 하고 있던
임수진이 장택근의 휴대폰을 낚아챘다.

"안녕, 보연아. 언니는 임수진이야. 영화 '롤러코스터' 봤
어? 응, 맞아. 거기 나오는 언니가 이 언니야."

멍한 얼굴로 그녀의 돌발행동을 지켜보고 있자니 능숙하
게 통화를 한다.

대충 곁에서 들어보니 아이가 그와 통화할 때와는 다르게
제법 그녀의 말에는 호응을 해오는 모양이다.

"그래, 그래. 언니가 다음에 사인 해줄게. 아니다. 이럴 게
아니라. 너 SNS 하지? 언니한테 친구 신청해."

여자들 간의 대화는 나이를 초월하는지 금세 수다를 떨기
시작한 그녀를 보며 장택근은 얼떨떨한 얼굴을 해보였다.

"누나 원래 애들 좋아해요. 방송에는 안 나왔지만 보육원
이나 그런 데도 봉사활동 자주 가는 편이고 고정적으로 후원
하는 곳도 있어요."

김상훈이 룸미러를 통해 그를 바라보며 웃는 얼굴로 말했
다.

세간의 이미지도 워낙 좋은 그녀지만 볼 때마다 발견하는 새로운 모습에 장택근은 새삼 감탄했다.

지금도 마치 이모가 제 어린 조카랑 신나게 수다를 떠는 모습과 다르지 않아 그렇게 자연스러울 수가 없었다.

물론 말끝마다 '언니'라는 말을 붙이기는 했지만 금세 친해졌는지 별의별 이야기를 다 하는 그녀의 모습에 그는 고개를 절레절레 저었다.

"뭐? 올 수 없냐고?"

한참 통화를 하던 그녀가 눈을 동그랗게 떴다. 그녀는 장택근의 눈치를 슬쩍 보더니 김상훈에게 물었다.

"상훈아, 나 지금부터 스케줄 뭐 있어?"

그녀의 돌발적인 질문에 김상훈이 끙 하고 앓는 소리를 내며 마지못해 대꾸했다.

"오늘은 아홉 시에 숍 예약되어 있고, 내일은 오후에 영화 촬영이요."

그의 대답이 끝나기가 무섭게 그녀가 장택근에게 물었다.

"택근 씨는? 뭐 스케줄 있어?"

당장 떠오르는 일정이 없는 터라 고개를 저으니 그녀가 악동 같은 미소를 지었다.

"그럼 지금부터 시간 좀 내줄 수 있어?"

왠지 모르게 거절하기에는 후환이 걱정되는 그녀의 미소

인지라 그는 얼결에 고개를 끄덕였다.

"그래, 보연아. 문자로 집 주소 보내줘."

그녀의 말에 김상훈이 결국 그럴 줄 알았다는 듯 한숨을 내쉬며 대답했다.

"어휴, 또 시작이다. 택근 씨, 괜찮겠어요?"

얌전할 것 같은 그녀가 사실은 제법 사고를 쳐댔는지 그녀의 돌발행동에도 김상훈은 의연했다.

"뭐 의도한 건 아니지만 나쁘진 않을 것 같은데요. 마침 신세진 것도 있고……."

안 그래도 한 번은 찾아가 봐야겠다고 생각하고 있던 차라 장택근은 차라리 잘되었다는 얼굴이다. 그런 그를 보며 임수진이 기분 좋은 미소를 지어 보였다.

"그래, 은혜를 모르면 사람이 아니지. 상훈아, 가자. 가는 길에 빵집이라도 들러 뭐라도 사가자."

소풍이라도 가듯 들뜬 임수진의 음성에 장택근과 김상훈은 동시에 고개를 내저었다.

*   *   *

"어디 보자. 다 왔네요."

김상훈의 말에 장택근이 창밖을 내다보니 대한민국 어디

를 가도 흔히 볼 수 있는 평범한 아파트 단지가 보인다.

"102동이니까… 여기예요."

"어? 저기 나와 있는 저 사람, 그때 그 소방관 아니야?"

임수진이 아파트 단지 입구에 서서 서성이는 사내를 보고 장택근에게 물었다.

장택근이 그녀의 손가락을 따라 시선을 옮기자 단지로 들어서는 입구에 조용진이 초조한 기색으로 자신들을 기다리고 있었다.

"상훈아, 저기 앞에 잠깐 세워봐."

그녀의 말에 흰색 밴이 조용진의 앞에 멈춰 섰다.

"안녕하세요."

장택근은 차문을 살짝 열며 조용진에게 인사했다. 멍한 얼굴로 흰색 밴을 바라보고 있던 그가 장택근의 인사에 화들짝 놀라며 황급히 고개를 숙였다.

"안녕하세요."

그 모습이 지난 촬영 현장에서 봤을 때와는 사뭇 다르게 보여서 장택근은 피식 웃고는 손짓했다.

"타세요. 저희가 꼴이 이래서 그냥 걸어가기에는 좀 그러네요."

"아, 네."

얼떨떨한 얼굴로 밴에 올라탄 그는 차 안을 두리번거렸다.

난생처음 보는 생소한 차 안의 모습에 어안이 벙벙한 듯 이리
저리 눈을 굴리는 그를 보며 임수진이 인사를 건넸다.

"안녕하세요. 임수진이에요. 저희가 갑자기 찾아와서 폐가
된 건 아니죠?"

그녀의 말에 뒤늦게 정신을 차린 조용진이 정색하며 손사
래를 쳤다.

"아니요. 우리 보연이 때문에 괜히 바쁘신 분들 오라 가라
해서 제가 더 죄송하죠."

그 모습이 여느 곳에서나 볼 수 있는 평범한 가장의 모습이
라 장택근은 저도 모르게 고개를 절레절레 저었다. 소방복을
입었을 때와는 달라도 너무나 다르다. 이렇게 밖에서 따로 보
니 그날의 강단은 어디로 갔는지 순박하게만 보여 도리어 낯
설 지경이다.

"진즉 찾아 뵀어야 했는데 이제야 와서 죄송합니다."

그렇게 서로 미안하다며 인사를 하고 있는데 김상훈이 차
를 세우며 물었다.

"아까 102동 405호라고 하셨죠? 그럼 여기가 입구 같은데,
일단 차 세울게요."

그의 말에 퍼뜩 정신을 차린 조용진이 차에서 내리는데 아
무래도 자리가 불편했는지 동작이 날래다.

"누나, 저는 근처에 차 세우고 한숨 자고 있을게요. 이따가

끝날 때 맞춰서 전화 줘요."

장택근과 임수진이 차에서 내리니 김상훈이 창문을 열고
말했다. 조용진이 그 말에 정색하고는 김상훈을 끄집어내려
는데 김상훈이 고개를 저었다.

"우리 누나가 저래 보여도 나름 스타라서요. 괜히 근처에
서 이 차 보면 사람들 이상하게 생각하니까 어디 눈에 안 띄
는 데 가서 한숨 자고 있을게요. 그리고 전 차에서 좀 눈이라
도 붙이는 게 차라리 편해요."

그의 말마따나 평범한 중산층 가정이 살 법한 아파트 단지
내의 주차장에 있기에는 임수진의 흰색 밴은 너무나 화려했
다.

"상훈아, 그러지 말고 먼저 들어가. 가는 길에 밥이라도 사
먹고. 어머니 좋아하시는 것도 좀 사다 드리고."

조용진이 다시 같이 갈 것을 권하려는데 임수진이 한발 먼
저 김상훈에게 카드를 건넸다.

"에이, 누나가 저번에 보내준 조기도 아직 다 못 먹었어
요."

"쓱. 받아. 안 그러면 어머님이 귀한 아들 밥도 제대로 안
먹이고 일 시킨다고 나 미워한다."

고운 미간에 주름을 잡고 제 딴에는 엄하게 말하는 그녀의
모습에 결국 김상훈이 카드를 받아 들고는 농담을 던졌다.

"진짜 비싼 거 삽니다. 나중에 다른 말 하기 없기예요."

"그래, 비싼 거 사도 되는데 니 거 말고 어머님 거 사. 애먼 데 쓸 생각 하지 말고."

그렇게 주거니 받거니 이야기를 나누는 모습이 꼭 친남매처럼 보여 장택근은 저도 모르게 미소를 지었다.

"그럼 갈게요."

김상훈이 단지를 벗어나는 것을 바라보던 임수진이 자신을 바라보고 있는 남자들에게 말했다.

"안 가요? 보연이 기다린다면서요."

그녀의 말에 어깨를 으쓱한 장택근이 조용진을 쳐다보니 아직까지 얼떨떨한 표정인 그가 엘리베이터로 향했다.

"아파트가 되게 정감 있어요."

"그치? 나도 예전엔 이런 데 살았는데 괜히 주택으로 옮겨서 손만 많이 가고 후회 중이라니까."

허름한 엘리베이터를 타면서도 뭐가 그리 좋은지 신나서 떠들어대는 장택근과 임수진을 보며 조용진이 어색한 미소를 지어 보였다.

띵.

고작 4층밖에 안 되는 높이라 엘리베이터는 금세 목적지에 도착했다. 끼릭 하며 열린 엘리베이터 문밖으로 좁은 복도가 늘어서 있다.

"아이가 오랜만에 반응을 보이는 게 좋아서 말하다 보니 할 말 못할 말 다 해버렸어요."

말을 들어보니 예전과는 다르게 자신만 보면 숙제니 공부니 한다며 자리를 피하는 딸의 관심을 끌어본다는 게 조금 허풍이 지나쳤던 모양이다.

촬영장에는 내로라하는 연예인들이 즐비했고, 자신의 손으로 구해준 연예인이 태반이라고 말했단다.

게다가 그중에 장택근은 자신을 형님처럼 모신다며 으스댔다니 그가 장택근을 보고 죄스러운 표정을 짓는 것도 무리는 아니었다.

"그게 아무래도 택근 씨가 요즘 가장 인기가 있다고 들어서……."

장택근이 너털웃음을 터뜨리자 그가 변명이랍시고 하는 말이 어수룩하기만 하다.

"에이, 이참에 그냥 형님 동생 하죠. 뭘 그런 걸로 그러세요. 어차피 저보다 나이도 많으시잖아요."

"그럼 되겠네요. 택근이는 서른 살인데 소방관님은 나이가……."

장택근의 말에 임수진이 맞장구를 쳐주었다.

"올해 서른넷입니다."

뭔가 정신없는 두 사람의 대화에 휘말린 그가 얼결에 나이를 밝히니 장택근이 금세 형님이라 부르며 너스레를 떨었다.

방송가를 전전하며 늘어난 것은 넉살밖에 없는지 그 태도
가 제법 천연덕스러워 결국 어색한 얼굴로 있던 조용진도 피
식 웃고 말았다.

"그럼 내가 제일 누나네요?"

금방 형님 동생 하며 이야기를 나누는 사내들을 보며 임수
진이 불쑥 끼어들었다. 당황스러운 기색으로 조용진이 장택
근을 바라보자 장택근이 웃으며 말했다.

"수진이 누나가 얼굴은 저래도 실제로는 나이가 형님보다
세 살이나 많아요."

그 말에 뜨악한 얼굴을 한 조용진이 임수진을 위아래로 훑
어보았다. 아무리 봐도 자신들보다 한참 어려 보이는 그녀의
외모에 도무지 믿기지 않는지 그는 고개를 절레절레 흔들었
다.

"그럼 호적도 정리됐으니 들어가 볼까요?"

그녀의 말에 조용진이 한결 편해진 얼굴로 문을 열었다.

＊　　　＊　　　＊

"보연이가 엄청 좋아하네요."

평범한 인상이지만 미소가 너무도 편안해 매력적인 여인

한상아가 소파에 앉아 임수진과 수다를 떨며 신이 난 딸을 보며 말했다.

"그러게. 지지배, 아빠랑은 이야기도 잘 안 하려고 하면서……."

오랜만에 보는 딸의 밝은 모습이 흐뭇하면서도 평소 자신을 기피하는 태도가 떠올라 못내 서운한지 조용진이 복잡한 표정을 지어 보였다.

"아빠가 남보다 더 얼굴 보기가 힘드니 쟤도 서먹서먹해서 그렇지."

한상아의 말에 그가 앓는 소리를 내고는 금세 딴청을 피웠다. 그 모습이 단란해 보이면서도 한편으로는 씁쓸하기만 해 장택근은 마음이 편치 않았다.

그저 가벼운 마음으로 지난 사고에서 도움을 받은 것에 인사하는 셈 치고 온 것이 어쩌다 보니 그들 가족의 삶을 들여다보게 되었다.

일하느라 바쁜 가장과 그런 아비가 낯설어 자꾸만 불편해하는 사춘기의 딸은 어느 가정에서나 볼 수 있는 모습이기도 했지만, 현장에서는 그렇게 강단 있는 성격이면서도 가족들 앞에서는 자꾸만 작아지는 조용진의 모습에 안쓰러웠다.

지금도 아내의 잔소리를 들으면서도 곁눈질로 딸의 눈치를 살피는 그의 모습이 잔뜩 위축되어 보인다.

"그래도 보연이가 크면 다 이해할 겁니다. 세상에 소방관이 얼마나 훌륭한 직업인데, 좀 지나면 자랑스러워할 거예요."

장택근의 말에 한상아가 대꾸했다.

"안 훌륭해도 좋으니까 그냥 남들처럼 사무실에 앉아서 때 되면 들어오는 그런 일 했으면 좋겠네요."

그녀의 말에 조용진의 얼굴이 다시 어두워졌다.

장택근은 또다시 무거워지는 분위기에 마음이 착잡했다. 〈심장이 뛴다〉의 대본을 읽어보며 소방관 가족의 애환을 익히 알고 있다고 생각했는데 막상 들여다본 그네들의 상황은 대본보다 더욱 절절했다.

현장에서는 그토록 믿음직스러운 모습의 그가 집에서는 고개도 제대로 들지 못하고 있다.

밤낮 없는 불규칙한 근무에 가족들 얼굴 보기도 쉽지 않고, 그나마 가장 노릇을 하려고 해도 월급마저 넉넉지 않은 형편이다.

게다가 그들의 일이라는 게 사지를 넘나드는 험한 일이다 보니 가족들의 마음고생이 이만저만이 아닌 듯했다.

척 보기에도 선하고 부드러운 성품의 한상아이건만 말끝마다 한마디씩 내쏘는 게 그의 직업이 여간 마음에 들지 않는 모양이다.

한숨만 푹푹 내쉬는 부부 사이에 껴 장택근이 이러지도 저러지도 못하고 있는데 조보연이 활짝 웃으며 달려왔다.

"아빠, 나 수진 언니가 SNS 친추 맺어줬어! 그리고 여기 이렇게 사진 찍고 글도 남겨줬다?"

오랜만에 딸이 보이는 살가운 태도에 입이 귀까지 찢어진 조용진이 SNS가 뭔지도 모르고 좋다고 고개를 끄덕여 주는데, 말이 통하지 않자 보연이의 입이 삐죽 나왔다.

"쳇, 아빠는 SNS도 몰라?"

토라진 표정으로 아빠를 구박하면서도 오늘만큼은 싫지 않은 표정의 보연인지라 조용진이 자꾸만 너털웃음을 터뜨렸다.

*   *   *

"애가 참 착해요."

임수진이 아이가 잠든 방을 바라보며 말하니 조용진이 금세 딸 자랑을 늘어놓았다.

"어휴, 이이 좀 봐. 손님들 모셔다 놓고 자꾸 그러면 팔불출이라고 욕먹어요."

아내의 핀잔에 그가 무안한 얼굴로 뺨을 긁적이는데 그 모습이 너무도 순박해 보여 장택근이 웃으며 그의 역성을 들어주었다.

"아니에요. 요즘 애들 같지 않게 애가 순수하고 밝은 게 자랑할 만해요."

"택근이 말이 맞아요. 아빠 엄마를 어찌나 끔찍하게 생각하는지 진짜 예쁜데요."

임수진마저 딸을 칭찬하자 이번에는 한상아도 곱게 미소를 지으며 고개를 끄덕였다.

"저것이 표현을 안 해서 그렇지 제 아빠를 끔찍하게 챙겨요."

그녀의 말에 조용진이 눈을 크게 떴다. 항상 자신이 들어오면 거실에 있다가도 곧장 제 방으로 도망치듯 자리를 피하는 딸이었는데 평소 자신을 끔찍하게 생각한다니 생각지도 못한 말에 놀란 모양이다.

"사춘기 애들은 원래 애정 표현이 거칠고 투박해요. 여기 보세요."

임수진이 품에서 휴대폰을 꺼내 들고 보연이의 SNS를 보여주었다.

〈늘 아빠가 일을 나가면 걱정 때문에 공부도 제대로 못했는데 아빠가 또 불속으로 뛰어들었단다. 덕분에 수진이 언니랑 친해진 것은 좋지만, 아빠가 다음에는 그러지 않았으면 좋겠다.〉

임수진과 함께 찍은 사진 속의 보연이는 활짝 웃고 있었지만, 글에는 속상한 기색이 역력했다.

"그냥 애도 시간이 필요할 거예요."

몇 번이고 사진과 글귀를 읽어본 조용진의 눈이 금세 뿌옇게 변했다. 그 모습을 지켜보던 한상아도 눈물을 그렁거리더니 소매로 눈가를 훔쳐 냈다.

"그러니까 그렇게 너무 위축되어 있지 마세요."

"네, 고마워요. 정말 고마워요."

바쁜 와중에 체면을 세워줘서 고맙다는 것인지, 아니면 딸의 내심을 알려주어서 고맙다는 것인지 몇 번이나 고맙다 말하는 조용진의 모습에 장택근과 임수진도 괜스레 눈시울이 뜨거워졌다.

"아니에요. 제가 너무 잘난 척을 했죠? 애도 아직 없는 처년데 번데기 앞에서 주름잡은 꼴이네요."

본의 아니게 남의 가정사를 들여다보고 주제넘은 소리를 했다고 생각하는지 임수진이 무안한 얼굴로 한마디 했다.

"아니요. 정말 고마워요. 그 SNS라는 거, 저도 이번 기회에 배워야겠어요."

"당신이? 휴대폰으로 문자 주고받는 것도 그렇게 질색해하면서요?"

분위기를 전환하려는 한상아의 괜한 핀잔에 조용진이 과장스럽게 울상을 지었다. 그 모습에 장택근과 임수진이 깔깔거리며 웃었다.

"근데 두 분, 참 보기 좋아요."

한참을 그렇게 웃고 떠들던 한상아가 뜬금없이 임수진과 장택근을 바라보며 말했다.

"네?"

"두 분, 정말 잘 어울리는 것 같아요."

그녀가 조용진의 어깨에 기대며 한마디를 하는데, 뒤늦게 그녀가 자신들의 사이를 오해했다는 사실을 깨달은 두 남녀가 손사래를 쳤다.

"아니요! 저희는 그냥 선후배 사이예요. 어휴, 그런 거 아니에요."

"맞아요. 저희 아무 사이도 아니에요. 제가 택근이보다 일곱 살이나 많은데요."

임수진이 호들갑을 떨며 나이까지 언급하니 한상아가 고개를 갸우뚱거렸다.

"그렇게 안 보이는데요? 전 수진 씨가 더 어린 줄 알았는데?"

그래도 어려 보인다는 말이 싫지는 않은지 임수진이 보조개를 예쁘게 만들며 고개를 저었다.

"제가 용진 씨보다 세 살이나 더 많아요."

도저히 서른일곱 살로는 보이지 않는 그녀의 외모에 이미 나이를 알고 있는 조용진과 장택근마저 고개를 절레절레 흔들었다.

"어머, 저보다 한참 언니시네요."

한상아가 뒤늦게 실례했다며 사과하니 임수진이 그런 오해는 언제든지 환영이라며 너스레를 떨었다.

"근데 두 분, 진짜 아무 사이도 아니에요?"

거듭된 한상아의 질문에 조용진도 눈을 가늘게 뜨고는 수상하다는 듯이 두 남녀를 바라보았다.

"에이, 진짜 아니라니까요."

장택근이 정색을 하며 대답하자 조용진이 아쉽다는 듯 입맛을 다셨다.

"진짜 잘 어울리는데 아깝네요."

그의 말에 괜스레 어색해진 임수진과 장택근이 서로의 시선을 피했다.

그 모습이 꼭 이제 막 시작하는 연인처럼 풋풋한 모습이라 조용진과 그의 아내는 눈빛을 주고받다가 이내 모르는 척 화제를 돌렸다.

"근데 이번에 찍는 영화가 뭐라고 했죠?"

혹시라도 방송을 보다가 화재 소식이라도 들리면 하루 종일 물도 마시지 못한다는 그녀는 드라마는커녕 TV 자체를 보지 않는다고 했다.

당연하게도 방송가의 소식에 어두울 수밖에 없는 그녀인지라 장택근이 영화의 제목을 말해주니 조용진이 옆에서 조용히 한마디 했다.

"저번에 보니까 조금 어설픈 것도 있던데, 시간 나면 연락하고 찾아와. 출동이 없으면 간단한 교육 정도는 해줄 수 있어."

그의 말에 장택근이 금세 화색을 띠고는 좋다고 환호하는데 한상아의 얼굴이 어두워졌다.

"아, 소방관 영화예요?"

그녀의 어두운 얼굴에 장택근이 꼭 자신이 죄라도 지은 기분이 들어 작게 고개를 끄덕이니 그녀가 미안한 얼굴로 말했다.

"수진 씨하고 택근 씨 나오는 영화라 보려고 했는데, 소방관 영화면 아무래도 보기 힘들겠네요."

화재 관련 소식이라도 보일까 싶어 TV도 보지 않는다는 그녀이니만큼 그 내심을 이해 못하는 것도 아니라 장택근과 임수진은 도리어 미안한 얼굴을 됐다.

*　　　*　　　*

조용진과의 만남은 그렇게 끝이 났다. 한상아의 발언 탓에 왠지 분위기가 어색해져 장택근과 임수진은 다음을 기약하고 는 조용히 자리에서 일어났다.

몇 번이나 고맙다며 고개를 숙여 보이는 조용진 부부를 뒤로하고 밴에 오른 장택근은 괜스레 창밖만 보았다.

"음, 둘이 싸웠어요?"

룸미러로 말없이 딴청을 피우는 두 남녀를 보던 김상훈이 둘 사이에 흐르는 미묘한 분위기에 물으니 임수진이 화들짝 놀라며 정색을 했다.

"싸우기는 누가 싸웠다고 그래?"

본인이 말하고도 목소리가 생각보다 컸다고 느꼈는지 그녀가 말끝을 흐리는데, 장택근은 여전히 난감한 얼굴을 하고 있다.

"그럼 들어가. 내일 촬영장에서 봐."

밴에서 내리는 그 순간까지 어색함이 가시지 않아 서로 미묘하게 시선을 피하며 인사를 나눈 두 남녀는 그대로 헤어졌다.

4장

생일

"안녕하세요?"

다음 날 촬영장에서 만난 임수진은 장택근의 걱정과는 다르게 평소의 모습과 다르지 않았다.

"택근이도 일찍 왔네?"

정영태 감독을 비롯한 사람들과 인사를 마친 그녀는 장택근의 옆에 자리를 잡고 앉았다.

"네, 누나도 일찍 왔네요?"

"숍 갔다가 시간이 어정쩡하게 남아서."

그녀가 말한 숍이 아무래도 피부 관리 숍이나 그와 비슷한 무언가인 모양이다. 그렇게 말하는 그녀의 얼굴에 윤기가 흘렀다.

"배우들도 일찍 왔는데 후딱 시작하게 빨리빨리 합시다!"

정영태 감독이 다그치니 안 그래도 바쁘게 움직이던 스태프들의 움직임이 한층 더 분주해졌다.

"피곤하지는 않아요?"

정영태 감독이 슬쩍 다가와 대본을 읽고 있는 장택근에게 물었다.

"이제 하루 찍었는데요, 뭐. 스태프들이야말로 피곤하지 않아요? 오늘 다른 배우들 분량도 찍었다면서요."

아무래도 배우들의 일정을 고려하다 보니 오밀조밀하게 스케줄을 짠 탓에 정작 영화가 본격적으로 촬영에 들어가자 임수진을 제외하고는 다른 배우들의 얼굴을 본 적이 없다.

"지금 택근 씨가 남 걱정할 상황이 아니라니까. 수진 씨하고의 신 찍고 나면 나중에는 안 나오는 장면이 없어. 고생 좀 할 거예요."

정영태 감독의 으름장에 장택근은 씨익 미소를 지어 보였다.

일반적으로 촬영 일정이 잡히면 굵직굵직한 신들보다 소소하고 담담한 이야기들을 먼저 담아내게 되어 있다 보니 극중 김윤아와의 사랑 이야기를 다루는 초반이 지나면 장택근을 기다리는 것은 과격한 일정의 연속일 것이다.

"뭐, 〈체크메이트〉도 액션이 많아서 꽤 힘들었는데 이제는 좀 단련이 됐거든요."

"아, 그렇지. 드라마도 꽤 빡세지. 그래도 만만치 않을 거예요. 저번에 입던 방화복, 그걸 내내 입고 있어야 하거든."

아무래도 정영태 감독은 장택근을 놀리기 위해서 온 모양이다. 어떻게 해서든 장택근의 앓는 소리를 들어야 직성이 풀릴 셈인지 그를 기다리고 있는 갖은 난관을 신나게 떠들어댔다.

결국 어지간한 장택근도 얼굴을 찌푸리고는 한숨을 내쉬어야 했다. 다른 건 몰라도 방화복을 입고 화재 현장 세트를 뛰어다니는 건 정말 고역인 탓이다.

"그럼 저는 날로 먹는다는 소리예요?"

곁에서 지켜보고 있던 임수진이 불쑥 끼어들자, 정영태가 필요 이상으로 놀란 시늉을 하며 호들갑을 떨었다.

"아니, 아니, 그럴 리가 있나. 여주인공인데 영화를 날로 먹다니. 내 눈에 흙이 들어가기 전까지는 그런 꼴 절대 못 보지."

"그렇잖아요. 다른 배우들은 방화복 입고 고생하는데 전 여기 앉아서 편안하게 촬영하고 있다는 소리 같은데요?"

그녀의 말에 정영태가 손사래를 치며 장난스럽게 대꾸했다.

"여배우는 여배우의 할 일이 있는 법이지. 그렇게 말 안 해도 빡세게 굴려줄 테니까 걱정 마."

오늘따라 어쩐지 더욱 능글거리는 그의 태도에 임수진이 한숨을 길게 내쉬었다.

"그럼 준비들 하고 있어요. 오늘은 장소 이동이 잦아서 좀 집중하기 힘들 거야."

극중 김형준과 김윤아 부부의 이런저런 모습을 담아야 하는지라 시장과 거리, 그리고 온갖 곳을 돌아다녀야 하는 일정이다.

정영태 감독의 말이 아니더라도 각오하고 있는 임수진과 장택근이 야무진 표정으로 고개를 끄덕이니 그가 만족스러운 얼굴로 원래의 자리로 돌아갔다.

"정 감독님이 오늘 또 뭔가 장난을 칠 모양이다. 저 양반, 꼭 이상한 짓 한 번씩 할 때마다 저렇게 배우들한테 와서 친한 척을 하더라고."

임수진이 한숨을 내쉬며 말했다.

*　　　　*　　　　*

"컷!"

경쾌한 컷 사인에 스태프들이 분주하게 움직이며 촬영 장비를 정리하고 소품을 챙기며 법석을 떨었다.

"캬! 둘이 뭐 어디 가서 특훈이라도 하고 왔나? 오늘따라 호흡이 이렇게 잘 맞아?"

바쁘게 현장을 뛰어다니는 스태프들 사이를 재주 좋게 피해서 다가온 정영태가 엄지를 치켜세우며 말했다.

"어제도 좋았는데 오늘은 더 좋아."

잦은 장소 이동에도 감정선을 잘 이은 두 배우 탓에 NG 몇 번 내지 않고 촬영이 매끄럽게 이어지니 기분이 좋아졌는지 그의 목소리가 한껏 들떴다.

"그거 알아? 두 사람 진짜 부부 같은 거."

정영태가 신나서 떠들어대자 장택근과 임수진은 복잡한 표정으로 서로를 바라보았다.

임수진의 연기는 전날 본 한상아를 닮아 있었다. 그녀만의 색채가 강하기는 했지만 그래도 전날 본 한상아의 애환이 짙게 묻어나는 게 아무래도 조용진 부부와의 만남이 꽤나 인상이 깊었던 모양이다.

장택근 역시 스스로 조용진 부부의 모습을 떠올리며 연기했음을 인지하고 있다.

"좋다, 좋아. 방향을 아주 잘 잡았어. 소소한 일상을 보내는 가운데 뭔지 모를 초조함이 느껴져. 진짜 좋아."

몇 번이나 좋다는 말을 연발하며 정영태가 신이 나서 떠들어댔다.

"계속 이 방향으로 가자고. 서로 사랑하지만 그래서 더욱 가슴 아픈 두 남녀. 이 시간이 끝나고 나면 화재 현장으로 달려가 사투를 벌여야 하는 남자와 그 모든 모습을 지켜보고 또 기다려야 하는 여자. 초조하고 시간이 흐르는 게 안타까울 거야. 그치? 근데 그런 만큼 그 시간이 더 소중한 두 사람일 테니까 조금 더 달달함을 추가해 보자고. 지금 아주 좋아."

조금 더 달콤한 분위기를 내보라는 그의 말에 장택근과 임수진은 서로 부드러운 미소를 교환했다.

"좋았어! 바로 그거야! 이 여세를 몰아서 빨리 가자고!"

당장 촬영을 재개하지 못하는 것이 못마땅한지 금세 심통이 난 얼굴을 한 그가 촬영장을 옮기기 위해 분주하게 움직이는 스태프들에게 호통쳤다.

"여기서 오늘 촬영 끝낼 거야? 왜 이렇게 느려 터졌어!"

그의 호통에 안 그래도 부지런히 움직이던 스태프들이 뛰어다니기 시작했다.

* * *

"조감독아, 조감독아."

한창 모니터링을 하고 있던 정영태 감독이 낮은 목소리로 조감독을 불렀다.

"네?"

장택근과 임수진의 한껏 물오른 연기에 빠져 있던 조감독이 그의 말에 대꾸하는데 그 음성이 성의가 없다.

"이놈 새끼가 감독이 부르면 쳐다보기라도 해야지."

화면에서 눈을 떼기 싫은지 정영태의 투정에도 조감독은 그저 곁눈질을 잠깐 해보일 뿐이다.

"말씀하세요. 듣고 있어요."

"어휴, 머리 굵었다고 이젠 감독을 물로 보네."

어지간하면 그의 말에 죽는 시늉이라도 할 조감독이지만 오늘은 정영태 감독의 기분이 꽤나 좋다는 것을 진즉부터 파악하고 있었다.

지금도 자신을 구박하는 말과는 달리 그 음성은 콧노래라도 부르는 듯 상쾌했다.

"네가 보기에도 임수진하고 장택근, 둘 좀 달라진 것 같지 않냐?"

그의 질문에 조감독이 잠시 생각하는 표정을 지어 보이더니 이내 고개를 끄덕였다.

"어제보다 조금 더 자연스럽고 친밀해 보이는데요. 뭐랄까. 어제는 그냥 자연스럽기만 했는데 오늘은······."

"진짜 부부 같지?"

할 말을 찾지 못해 말끝을 흐리던 조감독이 정영태의 말에 격하게 고개를 끄덕였다.

"네, 진짜 부부요! 그것도 서로 무지 아끼는 부부!"

"목소리 낮춰, 인마. 아무리 오디오 따로 딸 거라도 분위기가 있지."

그렇게 말하면서도 흐뭇한 얼굴을 지우지 못한 그가 모니터를 뚫어져라 바라보았다.

장택근과 임수진, 두 남녀는 지금 완벽하게 김형준과 김윤아라는 배역에 몰입해 있었다. 장을 보고 돌아오는 부부의 모습을 연기하는 그들의 눈빛에 따뜻함과 사랑, 조바심, 안타까움이 묻어나오고 있다.

대체 눈빛만으로 어떻게 그런 느낌을 한꺼번에 표현하느냐고 누군가가 묻는다면 당장 멱살이라도 잡아서 모니터를 보여주고 싶을 지경이다.

"수진 씨야 원래 이쪽 방면으론 도가 텄으니까 그렇다고 치는데 택근 씨가 의외네. 저렇게까지 연기를 잘하는 친구였던가."

위기 상황을 표현하는 데 있어서는 어지간한 배우는 명함도 못 내밀 정도로 뛰어난 수준이라는 것은 알고 있었지만 상대적으로 일상적인 장면에는 약한 배우라고 알고 있었다.

그런데 오늘의 그는 어떤가. 마치 로맨스를 수십 편은 찍은 베테랑 배우와도 다르지 않은 연기를 보여주고 있지 않은가.

사랑하는 여인에 대한 미안함과 또한 곧 다시 시작될 위험천만한 사투에 대한 두려움과 조급증, 그래서 더욱 순간에 집중하고 매달리게 되는 그 절절한 감정을 온몸으로 표현하고 있다.

어지간한 연기자는 그중에 하나도 잡기 힘든 감정을 완벽하게 버무린 그를 보며 정영태 감독은 하루 사이에 꺼칠꺼칠해진 턱을 엄지로 쓸어 만졌다.

"이번 영화 대박 나면 저 친구 다음 영화는 로맨스겠구만. 이 화면 보면 감독하고 작가들이 저 친구 데리고 로맨스 찍겠다고 줄을 서겠어, 줄을."

카메라를 전혀 의식하지 않은 두 배우의 모습에 그가 흡족한 얼굴로 몸을 일으켰다.

"컷! 좋았어!"

감독의 컷 사인이 떨어지자 카메라는 꺼졌는데 장택근과 임수진은 방금 전 촬영할 때와 똑같이 바짝 붙어 서 있다.

서로의 간격조차 인식하지 못하는지 미소를 지은 채 스태프들에게 수고했다 말하는 그들의 모습이 장택근과 임수진인지, 김형준과 김윤아인지 모호했다.

"언니, 지금 완전 택근 씨랑 친해 보이는 거 알지?"

오 실장이 다가와 말을 하고 나서야 자신들의 모습을 깨달은 두 배우가 화들짝 놀라며 서로에게서 떨어졌다.

"아니, 그렇다고 뭘 또 그렇게까지 거리를 두시나. 이거 둘이 좀 수상한데?"

오 실장이 눈을 가늘게 뜨며 말하자 임수진이 고운 눈썹을 찡그리며 말했다.

"쓸데없는 소리 하지 말고 얼굴이나 좀 고쳐줘. 좀 뜬 거 같아."

"오늘 숍 다녀온 덕에 잘만 받는구만 뭔 화장이 떴다고."

장난스럽게 받아치는 오 실장의 모습에 임수진이 쓰읍 하고 나름 인상을 써 보였다.

"수고하셨어요. 좀 추우시죠?"

어제와는 다르게 촬영이 끝날 때까지 기다리고 있던 추영훈이 따뜻한 커피를 건네며 말하자 그녀가 고맙다며 곱게 웃었다.

"어휴, 우리 상훈이나 오 실장은 이런 센스는 안 배우고 뭐하나 몰라."

"나야 언니 화면발만 잘 받게 해주면 되지. 상훈이가 좀 센스가 없어."

금세 타깃을 돌린 두 여자의 수다를 들으며 어깨를 으쓱한 장택근이 추영훈에게 말했다.

"형, 기다리느라 힘들었죠?"

"가만히 있는 내가 뭐가 힘들어. 힘들면 택근 씨가 힘들지."

그렇게 대꾸한 추영훈이 촬영장을 둘러보며 장택근에게 물었다.

"오늘 촬영은 이게 끝이지?"

"네, 오늘은 일단 이게 끝이네요."

후반의 과격한 촬영을 염두에 둔 것인지 생각보다는 타이트하지 않은 일정에 장택근이 만족스러운 얼굴로 대답하니 추영훈이 냉큼 그를 잡아끌었다.

"잘됐네. 오늘 나랑 좀 갈 데가 있어."

"어디요?"

"가보면 알아."

별다른 이야기를 듣지 못한 터라 그의 얼굴에 의아함이 떠올랐지만 추영훈은 그저 장난스러운 미소를 지어 보일 뿐이다.

*　　　　*　　　　*

"형, 진짜 어디 가는 건데요?"

차에 올라탄 장택근이 몇 번이나 물었지만 추영훈은 그저 가보면 안다는 말만 반복했다.

"대체 어딜 가길래 이렇게 뜸을 들여요?"

아무리 물어도 대답해 줄 것 같지 않은 그의 태도에 장택근이 입을 비죽였다. 그렇게 말없이 이동하기를 한참, 추영훈이 목적지에 다 왔다며 차를 세웠다.

"여긴 또 왜요?"

도착한 곳은 가라오케였다. 전에 몇 번인가 와본 적 있는 곳이기도 해 장택근이 의아한 얼굴로 물었지만 추영훈은 여전히 대답을 회피했다.

"일단 들어가자."

평소라면 촬영을 막 끝내고 피곤할 장택근을 배려했을 그가 어쩐지 오늘은 막무가내였다. 장택근은 한숨을 내쉬며 그의 뒤를 따라 들어서는데 평일이라 그런지 가라오케 내부에는 손님이 하나도 없어 횅했다.

"어서 오십시오."

카운터를 지나 홀에 들어서니 조명 하나 켜지지 않은 어두컴컴한 홀이 그를 반겨주었다.

"영업 안 하는 거 아니에요? 뭐 이렇게 깜깜해?"

이유도 모른 채 끌려온 터라 장택근은 입을 쭉 내밀고 툴툴거리다가 흠칫 몸을 떨었다.

예민한 그의 감각에 필요 이상으로 어두운 홀 안쪽에서 기척이 느껴진 탓이다. 스멀스멀 자신의 주변으로 천천히 다가서는 그들의 기척에 장택근이 저도 모르게 몸을 낮추는데 갑자스레 홀의 조명이 켜졌다.

"택근 씨! 생일 축하해!"

"생일 축하해!"

폭죽이 터지고 생일 축하 곡이 흘러나왔다. 방금 전까지만 해도 정체불명의 기척에 숨을 죽이고 있던 그가 뜻밖의 상황에 눈만 껌벅거리고 있으니 추영훈이 옆에서 그의 어깨를 두들겼다.

"생일 축하해. 지원 씨가 아마 잊고 있을 거라고 했는데 정말이네."

"아……."

촬영만 시작하면 날짜 관념이 통째로 사라지는 그인지라 오늘이 자신의 생일인지도 까맣게 잊고 있었다.

"생일 축하해, 택근아."

"오빠, 축하해요!"

대체 언제부터 작당을 한 것인지 요 근래 한창 바쁘다고 들은 진재영과 윤신애까지 와 있었다. 그녀들의 환한 미소를 보며 그는 얼떨떨한 얼굴로 고맙다고 말했다.

진재영, 윤신애, 이우혁, 김우영, 그리고 지난 영화와 드라마에서 안면을 익힌 배우와 스태프들까지 와 있었다.

하나같이 웃는 낯의 그들이 앞다투어 생일 축하한다 말하는데, 갑자기 그를 둘러싼 사람들이 갈라지기 시작했다.

"어? 지원이?"

이지원이 사람들이 길을 터준 사이로 촛불이 켜진 케이크를 들고 천천히 다가왔다. 어쩐지 이런 깜짝 파티와는 어울리지 않는 그녀의 평소 이미지 탓인지 자신도 모르게 감동해 버린 장택근이 눈을 크게 떴다.

"생일 축하해."

제법 옷에 신경을 쓴 모양인지 그녀는 늘 즐겨 입던 청바지에 티셔츠 차림이 아니었다. 촛불의 불그스름한 조명을 받아 발갛게 상기된 그녀의 얼굴에 뿌듯한 미소가 떠올라 있다.

"아, 고마워."

생각지도 못한 상황의 연속에 얼떨떨한 나머지 장택근은 어눌하게 대답했다.

"소원 빌어라!"

"떼돈 벌게 해주세요!"

누군가의 장난스러운 재촉에 장택근은 뒤늦게 후 하고 촛불을 껐다. 다시 한 번 폭죽이 터지고 사람들의 생일 축하한다는 외침이 귀가 아프도록 들려왔다.

*　　　*　　　*

"어떻게 된 거야?"

정신없이 사람들과 인사를 주고받느라 기진맥진해진 장택근이 이지원을 비롯해 주변에 앉은 지인들에게 물었다.

"아니, 너 작년에도 생일 모르고 넘어갔잖아. 그때는 정신도 없었고 네가 생일이 언젠지 말을 안 해주니 그냥 넘어갔는데, 올핸 다들 벼르고 있었던 거지."

진재영이 깔깔거리며 대답하니 곁에 있던 윤신애가 입을 삐죽였다.

"너무해요. 이번에도 추 실장님 아니었으면 모르고 넘어갈 뻔했잖아요."

이야기를 들어보니 이 자리에 모인 사람들이 이번 깜짝 파티의 주최자인 모양이다. 성격상 이런 쪽의 일을 주도하기에는 맞지 않는 이지원을 제외한 나머지 여자들과 추영훈이 일의 원흉임이 틀림없었다.

"어때? 감쪽같았지?"

추영훈이 어깨를 으스대며 말하는데 그 곁에 꼭 붙어 앉은 성민경이 고개를 절레절레 흔든다.

"진짜 생각도 못했는데……."

아직까지 어안이 벙벙한 얼굴의 장택근이 주변을 둘러보며 말했다.

정말 많이도 왔다.

지난 영화 〈도살자〉와 드라마 〈체크메이트〉에서 호흡을 맞춘 배우들과 몇몇 스태프가 제각각 홀에 자리를 잡고 신나게 먹고 마시고 떠들어대고 있다.

"요즘 시즌이 피크잖아. 촬영 있는 사람들은 못 왔는데 이 정도야."

곁에 있는 추영훈의 말에 장택근은 고개를 절레절레 저었다. 지금도 홀을 가득 채운 사람들과 인사를 주고받느라 진이 쏙 빠졌는데 지금보다 더 많이 왔다면 한참은 더 인사를 나누느라 기진맥진했을 것이다.

"어쨌든 고마워요."

비록 당황스럽긴 하지만 생전 처음 받아보는 깜짝 생일 파티가 마냥 당황스럽기만 한 것은 아니라서 그의 얼굴에 부드러운 미소가 걸렸다.

진재영과 윤신애를 비롯해 오랜만에 보는 얼굴들을 보며 그는 잔을 높이 치켜들었다.

"건배 한번 할까?"

그의 건배 제의에 저 멀리서 장미연을 비롯한 선배 연기자들에게 붙잡혀 호시탐탐 이쪽을 바라보고 있던 이우혁이 불쑥 끼어들었다.

"오늘의 주인공이 건배 한번 하잡니다!"

그의 말에 시끄럽던 홀이 순식간에 조용해지며 뜨악한 표정을 하고 있는 장택근에게 시선이 쏟아졌다.

"장 배우! 한마디 해라!"

늘 붙어 다니던 박준규 감독이 신작 영화 준비로 바쁜 탓에 짝꿍을 잃어버린 이필상이 벌써부터 반쯤 꼬부라진 발음으로 분위기를 띄웠다.

"끄응……."

거창한 이런 분위기는 질색이지만, 그래도 바쁜 와중에 찾아와 준 사람들에게 감사하다는 의미로 장택근은 짤막하게 소감을 말했다.

"먼저 바쁜데도 이렇게 와주셔서 감사합니다. 오늘 정말 생일이란 것도 모르고 있었는데, 여러분 아니었으면 이번 생일도 모르고 넘어갈 뻔했네요. 감사합니다. 다들 마음껏 먹고 마시죠."

생각보다 소탈한 그의 멘트에 사람들이 야유를 보냈다. 하지만 그 야유마저도 유쾌한 종류의 것이라 분위기는 한층 더 좋아졌다.

"근데 오늘 누가 쏘는 거야?"

건배를 하는 사이 선배 연기자들 사이에서 빠져나온 이우혁이 슬쩍 진재영의 곁에 자리를 잡으며 물었다.

"누구긴 누구야! 이런 건 원래 주인공이 사는 거 아냐?"

곁에 앉아 있던 진재영이 장난스럽게 외치니 장택근의 얼굴이 핼쑥해졌다.

안 그래도 가격이 저렴하지 않은 가라오케를 통째로 빌려서 이 많은 사람이 먹고 마시니 돈이 얼마나 나올지 상상도 가지 않았다.

모르긴 해도 수백은 나오지 않을까 생각하며 그는 애써 어색한 미소를 지어 보였다.

이제는 어지간한 연예인 중에서도 벌이가 제법 좋은 편에 속하는 그가 그렇게 죽상을 하자 사람들이 웃음을 터뜨렸다.

어느 정도 성공을 한 다른 연예인들이 금세 겉멋이 들어 허세를 일삼는 것을 생각하면 지금 장택근이 보이는 모습은 소탈해 보이는 게 여간 호감이 가는 게 아니다.

"농담이야. 뭘 그렇게 얼어 있어. 이거 다 회사에서 준비한 거야."

결국 보다 못한 추영훈이 사실을 알려주니 그제야 장택근의 얼굴이 편안해졌다. 그게 또 우스워 사람들이 깔깔거리며 웃어대는데 진재영이 불쑥 상자 하나를 내밀었다.

"받아. 선물이야."

"아, 맞다. 선물부터 줬어야 하는데……."

그를 둘러싼 여자들이 테이블 아래 숨겨뒀는지 크고 작은 상자를 꺼내 내밀자 곁에 있던 이우혁이 웃으며 말했다.

"인마, 남자는 마음으로 축하하는 거 알지?"

"모르는데?"

장난스럽게 그의 말을 받아준 장택근이 상자를 열려 하자 여자들이 갑작스레 고함을 빽 하고 질렀다.

"집에 가서 봐!"

시뻘게진 얼굴로 소리치는 기세가 여간 사나운 것이 아니라서 깜짝 놀란 장택근은 알았노라 대답하고는 선물을 주섬주섬 좌석 한편에 쌓아두었다.

"자, 주목!"

한참 그렇게 흥겨운 분위기 속에서 웃고 떠들던 사람들은 김우영의 갑작스러운 행동에 시선을 돌렸다. 이 자리에 모인 사람 중에서 가장 나이가 어린 축에 속하는 그가 천연덕스럽게 홀의 중앙에 놓인 마이크를 붙잡고 서 있다.

"어휴, 저 연예인병."

사람들의 시선을 즐기는 그의 성향이 여실히 드러나는 모습이라 장택근은 피식 웃음 지었다.

"우리 택근이 형의 생일을 축하하는 의미에서 제가 노래 한 곡 뽑겠습니다!"

그렇게 말하고는 사람들의 호응도 기다리지 않고 바로 노래를 시작한 김우영의 모습에 사람들이 황당하다는 표정을 지어 보였다.

하지만 황당한 표정도 잠시, 그들은 금세 김우영의 감미로

운 노래를 감상하기 시작했다. 원래 가수로 데뷔할 예정이었
다는 말이 거짓이 아니었는지 그의 노래 실력은 상당했다.

"뭐야, 저게? 무슨 축하 곡으로 이별 노래를 불러?"

"놔둬. 그냥 오랜만에 사람들 모이니까 관심받고 싶은가
보지."

축하곡이라고 선곡한 노래가 하필이면 애절한 이별 노래
라 이우혁이 뜨악한 얼굴로 말하니 곁에 있던 장택근이 초탈
한 표정으로 대꾸했다.

장르를 잘못 선택했다지만 열창만큼은 진짜라 사람들은
그의 노래가 끝나자 열렬히 박수를 보내주었다. 장택근 역시
피식 웃으며 박수 반 야유 반을 섞어 보내는데 김우영이 그를
보고는 짓궂은 표정을 지어 보였다.

"설마… 제발 그러지 마라."

갑자기 불길한 예감이 들어 그가 김우영을 노려보았다.

"그럼 오늘 같은 날 주인공의 노래를 안 들어볼 수가 없
죠?"

역시나 예상대로 돌발행동을 보이는 김우영 탓에 장택근
은 와락 인상을 찡그렸다.

"저 꼴통 새끼. 어휴."

고개를 숙이고 김우영에게 욕을 한 바가지는 쏟아부은 장
택근은 어색한 얼굴로 일어났다. 벌써부터 야유와 환호를 섞

어 보내던 사람들이 그가 자리에서 일어나자 박수를 쳐댔다.

"나중에 보자."

마이크를 건네주는 김우영에게 작게 으르렁거리니 그가 찔끔한 얼굴로 도망치듯 무대에서 내려갔다.

"음. 저 노래 잘 못하는데……."

장택근이 마이크를 잡고 난감해하자 사람들이 장난스럽게 외쳐댔다.

"그 얼굴에 노래까지 잘하면 반칙이게?"

"가수 아니고 배우라는 거 잘 아니까 그만 뜸들이고 한 곡 뽑아봐라!"

김우영이 바람잡이처럼 사람들을 부추기고 잔뜩 흥에 겨운 사람들이 별의별 말을 다 쏟아내며 그를 재촉했다.

"고추 떼라! 남자가 그게 뭐냐!"

머릿속으로 막 어떤 노래를 할까 생각하고 있는데 누군가가 외쳤다. 장택근이 선곡 책자를 보다가 고개를 들어 소리가 난 방향을 보니 김우영이 찔끔한 표정으로 딴청을 피우고 있다.

"우영이 넌 나중에 보자."

장택근이 마이크를 잡고 결국 한마디 하니 사람들이 또 그 모습이 우습다고 깔깔거리며 웃어댔다. 이래저래 흥겨운 분위기 속에서 장택근이 선곡 책자를 보며 곡을 고르고 있는데 사람들이 웅성거리기 시작했다.

그 소란스러움에 장택근이 고개를 드니 윤신애가 무대 위로 올라오고 있다.

"같이 불러요, 오빠. 내가 도와줄게."

그녀의 갑작스러운 등장에 사람들이 휘파람을 불며 환호했다. 개중에는 짓궂은 농담을 던지는 사람들도 있어 장택근이 저도 모르게 이지원의 눈치를 보니, 아니나 다를까, 그녀의 얼굴이 싸늘하다.

"어? 그, 그럴까?"

그렇다고 도와준다고 무대까지 올라온 윤신애를 다시 내려 보내자니 그녀가 무안해할 것 같아 결국 장택근은 어색하게 대꾸했다.

"이거 알아요?"

"알긴 아는데 잘 몰라."

"이건요?"

"음, 알아. 근데 한 번도 불러보진 않았어."

아무래도 듀엣 곡을 부르고 싶었는지 윤신애가 고른 노래들이 전부 남녀 혼성의 감미로운 듀엣 곡들이다. 결국 한참만에야 '연풍연가'를 선곡한 두 남녀가 무대에 섰다.

"날 사랑할 수 있나요 그대에게 부족한 나인데. 내겐 사랑밖에 드릴 게 없는걸요. 이런 날 사랑하나요."

윤신애가 맑고 여린 음성으로 첫 소절을 뽑아냈다. 은은한 미소를 지은 채 장택근을 힐끔힐끔 쳐다보며 부르는 그녀의 사랑스러운 모습에 사람들은 덩달아 미소를 지었다.

"이젠 그런 말 않기로 해. 지금 맘이면 나는 충분해. 우리 세상 그 무엇보다 더 커다란 사랑하는 맘 있으니⋯⋯."

그에 반해 장택근은 이지원의 냉랭한 얼굴을 보며 눈치를 살피느라 도대체가 노래를 입으로 하는지 코로 하는지 알 수가 없었다. 그래도 PD를 하면서 놀던 가닥이 있는지라 그의 몸은 그의 의지와는 상관없이 윤신애의 노래에 화음을 넣으며 열창을 토해냈다.

"생일 축하해요, 오빠."

노래가 끝나갈 무렵 윤신애가 마이크에 대고 생일 축하 인사를 하는데, 방금 막 노래를 끝낸 탓인지 발갛게 상기된 얼굴이 사람들 보기에 제법 사랑스러웠다.

"어, 고마워."

어색하게 그녀의 인사를 받아주니 눈치 없는 사람들이 되도 않을 소리를 지껄여댔다.

"와! 사귀어라! 사귀어라!"

그 말에 윤신애가 도망치듯 자신의 자리로 돌아가고 장택근은 하얗게 질린 얼굴로 이지원의 눈치를 살폈다.

다른 이들이 보기에는 분명 평소와 다름없는 무표정한 얼굴이었지만 장택근은 느낄 수가 있었다. 그녀의 심기가 굉장히 불편하다는 것을 그 미묘한 눈썹의 각도를 보고 파악했다.

주춤거리며 자리로 돌아가니 이지원이 벌떡 몸을 일으켰다. 저도 모르게 화들짝 놀란 장택근이 몸을 움츠리는데 이지원이 그대로 어디론가 걸음을 옮긴다.

화장실이라도 가는가 보다 하고 안도의 한숨을 내쉬던 그는 곧 그녀가 가는 방향이 무대 쪽이라는 사실을 깨달았다.

"어?"

갑작스러운 그녀의 등장에 사람들이 일제히 그녀를 주목했다. 다른 이들과는 다르게 그녀가 무대에 올라서자 무대가 꽉 찬 듯한 느낌이다.

그저 무표정한 얼굴로 무대 중앙에 놓인 의자에 앉아 선곡 책자를 펼쳐 들었을 뿐이지만 마치 뮤직 비디오의 한 장면과도 같은 그림이다.

'그녀가 걷는 곳이 런웨이, 그녀가 서는 곳이 무대' 라는 말을 여실히 보여주는 광경에 사람들이 저도 모르게 그녀를 바라보는데, 그녀가 선곡 책자를 덮으며 마이크를 잡았다.

"택근 씨, 나와요. 나랑도 한 곡 불러요."

*   *   *

장택근은 집에 들어서기가 무섭게 길게 한숨을 내뱉었다. 촬영도 촬영이지만 그 뒤에 이어진 깜짝 파티 탓에 정신적으로 지쳐 버리고 말았다.

처음에는 난생처음 겪어보는 깜짝 파티에 제법 즐거웠지만, 그것도 딱 노래를 부르기 전까지였다.

연인 앞에서 다른 여자와 듀엣 곡을 부르자니 여간 불편한 게 아니었다. 냉랭한 얼굴을 하고 있는 그녀의 눈치를 보느라 어떻게 노래를 끝냈는지조차 기억이 나지 않을 지경이다.

게다가 이어진 이지원의 행동으로 인해 불편함은 더욱 배가 되어버렸다. 윤신애에게 보란 듯 장택근을 무대 위로 불러낸 그녀의 노골적인 행동에 어찌나 불편하던지 할 수만 있다면 그 자리에서 도망치고 싶었다.

그렇다고 해도 불만을 표할 수도 없었다. 따지고 보면 먼저 실례를 한 것은 윤신애였으니까. 뻔히 장택근과 이지원의 관계를 알면서도 계속해서 은근한 애정공세를 보이는 윤신애는 이지원의 입장에서 보면 자신의 연인 곁을 맴도는 눈엣가시 같은 존재이리라.

그렇게 생각해 보면 아무리 아마존에서의 인연이 있다지만 이지원이 참고 있는 것이 신기할 지경이었다. 평소 거침없는 그녀의 성격을 생각해 보면 윤신애를 불러 따끔하게 이야기를 했어도 벌써 골백번은 했어야 한다.

하지만 어쩐 일인지 윤신애에게만은 어딘지 모르게 우유부단한 태도를 취하는 그녀가 장택근은 오히려 이해가 가지 않았다.

오늘만 해도 사람들 앞에서 보란 듯이 장택근을 불러내 은근한 분위기를 보였을 뿐 딱히 윤신애에게 싫은 내색을 보인다거나 화를 내지 않은 이지원이었다.

"괜히 애꿎은 나한테만……."

오늘 자리에 있던 사람들 중에 어지간한 사람들은 전부 자신과 이지원의 관계를 어느 정도 눈치챘을 것이다.

오늘은 작정했는지 이지원이 제법 노골적으로 곁을 지키고 친근한 태도를 보인 탓에 벌써부터 윤신애와 두 남녀의 삼각관계를 떠들어대는 사람들까지 있었으니 그의 사생활이 공개되는 것도 그리 오래 걸리지 않을 것 같다.

머리가 아파왔다.

침대에 누운 장택근은 다시 한 번 길게 한숨을 내뱉고는 저 멀리 현관 옆에 내려둔 선물 상자들을 바라보았다.

선물이고 나발이고 오늘은 그냥 쉬어야겠다.

가만히 눈을 감은 장택근은 몸을 뒤척였다.

다음 날 NB엔터테인먼트의 사무실에 들른 장택근은 사무실의 한쪽 벽을 가릴 정도로 수북하게 쌓인 선물 상자를 확인

할 수 있었다.

모두 팬들이 보낸 것이라는데 섣불리 열어 확인하기 힘들 정도로 그 양이 많았다.

"아이돌도 아닌데 이 정도면 어마어마한 거야."

자신도 기억 못하는 생일을 기억하고 선물까지 보내온 팬들의 행동이 신기하면서도 낯설어 감탄하는 장택근에게 추영훈이 한 말이다.

"생일 축하해."

김인숙을 비롯한 사무실 사람들의 축하에 일일이 고맙다 대답을 해준 장택근은 곧장 촬영장으로 향했다.

5장

소방관의 죽음

"오늘도 힘차게 가보자고!"

정영태 감독의 컷 사인에 약간은 번잡스럽던 촬영장이 금세 조용해졌다.

촬영은 순조로웠다. 아직까지는 크게 이렇다 할 정도로 과격한 장면도 없고, 배역의 감정선도 확실하게 가닥을 잡은 터라 촬영은 별다른 NG 없이 순조롭게 흘러갔다.

촬영이 일찍 끝나는 날은 임수진과 함께 종종 조용진 부부를 찾아가기도 했다. 첫날부터 친해진 임수진뿐만 아니라 장택근도 이제는 조보연과 제법 살가운 사이가 되었다.

"바쁜데 괜히 우리 애 때문에 시간 뺏는 거 아닌지 몰라요."

그들의 방문에 신나 하는 아이를 보면서도 못내 미안한지 한상아가 괜스레 미안한 얼굴을 해 보였다.

"에이, 형수님, 저희가 좋아서 오는 건데요, 뭐."

"그러게. 상아 씨, 너무 마음 쓰지 말아요. 이러다가 촬영 바빠지면 오고 싶어도 못 오니까. 혹시 우리 오는 거 불편한 건 아니죠?"

이제는 한상아를 형수님이라 부르는 장택근의 태도가 제법 자연스러워졌다. 임수진이 곁에서 그의 편을 들어주니 조용진이 손사래를 쳤다.

"에이, 그럴 리가요. 택근이하고 수진 누님 덕분에 요즘 제가 보연이하고도 얼마나 친해졌는데요."

여전히 어딘지 모르게 서먹서먹한 구석은 있지만 전과는 다르게 그에게 먼저 말을 걸어오기도 하는 조보연의 태도 탓에 그는 얼굴 가득 웃음꽃을 매달고 있었다.

"핏줄이 어디 갑니까? 애가 생각이 깊어서 그렇지. 나하고 수진 누나가 한 게 뭐가 있다고요."

장택근이 그렇게 말할 때면 조용진은 금세 딸 자랑을 늘어놓다가 아내에게 팔불출이라는 구박을 듣고서야 민망한 얼굴로 말을 끝맺고는 했다.

"삼촌! 언니! 우리 치킨 먹을래요?"

쿠폰 열 장을 모으면 한 마리가 공짜라며 자신이 모아놓은 치킨 집 쿠폰을 자랑하듯 보여주는 보연이의 모습이 너무나 사랑스럽다.

"수진이 누나는 언니고 왜 나는 삼촌이야? 내가 더 어리거든?"

장택근이 짐짓 서운하다는 듯 이야기하자 보연이가 혀를 내밀었다.

"언니는 아빠랑 엄마보다 어려 보이는데 삼촌은 아빠랑 친구처럼 보이거든요!"

"얘는 버릇없이."

아이의 천진난만한 모습에 미소를 지으면서도 한상아가 사뭇 엄한 말투로 타이르자 조보연이 슬쩍 제 아빠 등 뒤로 몸을 숨겼다.

조용진은 또 딸의 살가운 태도가 좋아 함박웃음을 짓고는 애꿎은 한상아를 타박했다.

"우리 예쁜 보연이 가지고 왜 그래?"

그 모습이 너무도 행복해 보여 장택근과 임수진은 덩달아 행복한 미소를 지었다.

*　　　*　　　*

"수고들 하셨습니다!"

오늘도 촬영을 무사히 끝마친 장택근이 스태프들에게 수고했다며 인사를 하는데 임수진이 다가와 물었다.

"오늘도 보연이 만나러 갈 거야?"

그녀의 말에 장택근이 고개를 저었다.

"오늘 용진이 형님 근무하는 날이에요."

"그래? 그럼 상아 씨하고 보연이 심심하겠다. 한번 놀러가 볼까."

조용진이 없을 때면 그녀는 혼자서 먹을거리를 잔뜩 사 들고 한상아를 찾아가곤 했다.

"누난 그렇게 애들을 좋아하면 결혼하지 그래요."

유독 아이들을 좋아하는 그녀인지라 그가 그렇게 말하자 그녀가 드물게 얼굴을 찡그렸다.

"너 아니어도 결혼하라고 등 떠미는 사람 많으니까 괜히 숟가락 얹지 마시죠."

돈도 잘 벌겠다, 성격도 좋겠다, 게다가 방송을 통해 만들어진 여성스럽고 우아한 이미지의 그녀이니만큼 주변에서 꽤나 압박이 있을 것이다.

장택근의 말에 그녀는 스트레스를 받은 얼굴로 그렇게 말하고는 매니저 김상훈을 불렀다.

"상훈아, 누나 오늘 보연이 보고 갈 거니까 이따 가는 길에 피자나 사가자."

아무래도 그녀는 혼자서라도 기어이 보연이를 보고 갈 생각인 모양이다. 장택근은 다음을 기약하며 인사를 했다.

"저는 다음에 형님 계실 때 갈게요."

"니가 그렇게 말 안 해도 오늘은 여자들끼리만 놀 거거든?"

"그러세요. 형수님하고 보연이한테 인사나 전해줘요."

손을 흔들며 촬영장을 벗어난 장택근은 추영훈도 먼저 돌려보내고 촬영장 한편에 놓인 자신의 차에 올랐다.

"우와, 이거 택근 씨 차야? 차 좋은데?"

"역시 스타는 차부터 달라요."

장비를 들고 오가던 몇몇 스태프가 유려한 곡선의 쿠페를 보며 감탄을 토해냈다.

"에이, 제 차 아니에요. 회사 차예요. 저 이번 영화 망하면 이것도 다시 뺏어갈걸요."

그가 울상을 하고 엄살을 피우자 스태프들이 금세 웃음을 터뜨리고는 손을 흔들며 인사했다. 아무래도 주로 촬영하는 신이 잔잔하고 부드럽다 보니 촬영장의 분위기도 화기애애하던 터라 사람들의 태도도 한결 친근했다.

"그럼 저 먼저 가볼게요. 수고들 하세요."

스태프들에게 인사를 한 장택근은 촬영장을 빠져나갔다.

[경찰은 김씨를 비롯한 추가적인 공모자가 있는지 수사를
하는 한편 이미 구속한 김씨의 범행에 대한 보다 확실
한…….]

[고양시 장항동에서 일어난 화재는 세 시간이 지난 지금에
서야 간신히 진화되었…….]

[모처럼 화창한 날씨가 계속되고 있는 가운데 시민들은 봄
나들이를 만끽하고 있…….]

"찾았다."

라디오를 켠 그는 천천히 자신이 즐겨 듣는 음악방송을 틀
었다. 시간도 딱 맞고 마침 평소에도 즐겨 듣던 노래가 타이
밍 좋게 흘러나오고 있었다.

한참 라디오를 따라 노래를 흥얼거리고 있는데 휴대폰이
진동음을 토해냈다.

"어, 지원아. 지금 가고 있어. 벌써 와 있어? 가는 길에 뭐
사갈까?"

지난번 생일 파티의 일도 있고 한동안 이지원에게 무심한
것 같아 그는 오늘 겨우 시간을 맞춰 그녀와 오랜만에 데이트
를 즐길 생각이다.

그래 봐야 얼굴이 알려질 대로 알려진 그들이 어디를 돌아다닐 수도 없어 집구석에서 같이 배달 음식을 먹고 맥주를 한 잔하는 정도지만, 그래도 오랜만에 그녀와 시간을 보낼 생각에 그는 절로 콧노래가 나왔다.

"알았어. 금방 날아갈게."

기분 좋게 통화를 마친 그는 복잡한 도로 상황을 보며 중얼거렸다.

"좀 지나가자."

신호가 바뀌었는데도 꾸물거리는 선두 차량을 향해 클랙슨을 울리는 그의 손길이 무척이나 경쾌하다.

＊　　　　＊　　　　＊

"너 요즘 수진 선배랑 친하게 지내는 모양이더라?"

되도 않을 말을 지껄이며 법석을 떨어대는 쇼 프로그램을 보며 낄낄거리던 장택근은 자신의 가슴팍에 머리를 기댄 이지원의 말에 그녀를 바라보았다.

그래 봐야 그녀의 잘 정리된 정수리밖에 보이지 않지만 장택근은 그 뒤통수가 어딘지 모르게 심기가 불편한 듯 보였다.

"에이, 워낙에 성격이 좋으시니까. 그리고 내가 아직 모르는 게 많잖아. 누나가 챙겨주는 거지."

"누나? 촬영 시작한 지 얼마나 됐다고 벌써 누나 동생이야?"

역시나 말꼬투리를 잡는 그녀의 어투가 쌀쌀맞았다.

"괜히 거리 두면 배역에 집중하기 힘들다고 친하게 지내는 거지, 뭐."

장택근은 같지도 않은 변명을 지껄이며 진땀을 흘렸다. 같은 연기자인 그녀이니만큼 이런 부분에선 이해를 해주는 편이지만 때때로 이렇게 질투를 표현하기도 했다.

"누나가 나이가 몇인데. 나보다 일곱 살이나 많아. 괜히 쓸데없는 소리 하지 마."

"수진 선배 어려 보이잖아. 딱 남자들이 좋아하는 현모양처 스타일이고."

그래도 뒤늦게 그녀와 자신의 나이 차이를 생각했는지 조금은 누그러진 그녀의 말투에 장택근은 그녀 몰래 안도의 한숨을 내쉬었다.

"어려 보이기는, 수진 누나 가까이서 보면 눈가에 주름도 있고 입가에 팔자 주름도 잡혀 있고 그래."

새빨간 거짓말이다. 서른일곱이라는 나이가 무색하게 여전히 화장품 광고 모델을 할 정도로 깨끗한 피부를 자랑하는 임수진이다.

하지만 곧이곧대로 말했다가는 간신히 진정되어 가는 이

지원의 짜증이 언제 다시 도질지 몰랐다.

속으로 임수진에게 미안하다 말하며 그는 계속해서 임수진을 험담했다.

"그리고 그 누나가 생긴 거하고 다르게 얼마나 아줌마 같은데. 말투도 어떨 때 보면 꼭 우리 이모 같다니까."

제 입으로 뭐라고 떠들어대는지도 모르고 계속해서 되는대로 지껄이던 장택근은 어느 순간부터 이지원이 자신을 빤히 바라보고 있다는 것을 깨달았다.

"왜… 왜?"

그래도 요즘 임수진과 과할 정도로 친해진 것은 인정하던 차라 장택근이 괜히 뜨끔해서 말을 더듬었다.

"아냐. 내가 참 못났다 싶어서."

싫은 소리라도 할 줄 알았더니 엉뚱한 말을 하는 그녀의 모습에 그가 눈을 동그랗게 떴다.

"그냥 믿으면 되는데 괜히 이런 소리를 해서… 마음에도 없는 거짓말이나 하게 만드는 내가 참 못났다 싶어서."

아무래도 그가 괜한 험담을 한다는 사실을 진즉 눈치챈 모양이다. 자존심이 강한 그녀이니만큼 이따금씩 이런 질투를 보일 때면 그마저도 못내 스스로에게 못마땅해하고는 했다.

"쓸데없는 소리 한다. 그냥 좀 평범한 연애 좀 하면 안 돼? 뭐가 그렇게 복잡해?"

그가 살짝 그녀의 머리를 쥐어박으며 이야기하자 이지원이 눈을 동그랗게 떴다.

"네가 톱스타고 뭐고 그냥 나한테는 이지원이야. 괜히 자존심 세우고 별 이상한 이유 들어가면서 조심할 필요는 없어."

그녀는 프라이드가 강한 만큼 다른 이에 대해 질투를 한다는 것 자체가 자존심이 상하는 모양이다. 아무래도 이런 그녀의 성격 탓에 윤신애에게 모질게 대하지 못한 게 아닐까 하고 생각한 그는 전부터 마음에 담아두고 있던 이야기를 꺼냈다.

"그냥 앞으로는 속에 있는 이야기 있는 그대로 해. 우리 서로 볼 꼴 못 볼 꼴 다 봤잖아. 근데 뭘 자꾸 어렵게 가려고 해."

"그럼 지금보다 훨씬 더 피곤해질 텐데?"

그녀의 말에 장택근은 어이없다는 표정을 지어 보였다.

"해. 내 여자 친구가 나 피곤하게 하겠다는데 누가 말려."

"됐어. 쪽팔려."

전부터 '배우는 도도하고 당당하고 시건방져야 한다'는 뭔가 이상한 신조를 지니고 있던 그녀이니만큼 쉽게 넘어오지 않았다. 그래도 한번 이야기를 꺼냈으니 전보다는 편하게 이야기를 꺼내겠지 하고 생각한 그는 피식 미소를 지었다.

"넌 가끔 보면 꼭 애 같아."

"애라니. 애 중에서 이렇게 훌륭한 몸매 가진 애 본 적 있어?"

자신의 속내를 비쳤다는 것이 괜스레 무안한 모양인지 그녀가 괜히 몸을 비틀며 포즈를 취해 보였다.

"흐음……."

세상 어떤 남자를 데려와도 시선을 떼지 못할 완벽한 몸매를 가진 그녀가 취한 야릇한 포즈에 장택근은 콧김을 내뿜었다.

"지금 얼굴 진짜 변태 같은 거 알아?"

이지원이 질색하며 몸을 뒤로 빼고 가슴을 양손으로 가려 보였다.

"변태 같은 게 아니라 변태지."

그렇게 말한 장택근은 와락 달려들어 그녀의 위에 올라탔다.

예쁘기는 정말 예쁘구나.

자신에게 양손을 잡힌 채 바닥에 누운 그녀는 숨이 막히도록 아름다웠다.

온 사방으로 풍성하게 퍼져 나간 흑단 같은 머리채 하며 흠 하나 잡을 곳 없는 이목구비까지.

빨갛게 달아오른 어딘지 모르게 애원하는 듯한 얼굴이 자신만 볼 수 있는 얼굴이라 생각한 장택근은 괜스레 숨이 거칠어졌다.

그녀가 투명한 눈동자로 가만히 그의 시선을 마주했다. 점차 가까워지는 얼굴을 보면서도 그녀는 눈을 감지 않았다. 한순간도 놓치지 않겠다는 듯한 그녀의 새까만 눈동자를 바라보며 장택근은 천천히 입술을 맞춰갔다.

드르륵.

"아……."

하필이면 그 순간 휴대폰이 울릴 것은 또 뭐란 말인가. 유리 테이블 위에 올려놓은 탓에 몇 배는 더 요란하게 울려대는 진동음에 그는 인상을 와락 썼다.

애써 휴대폰의 소음을 무시하고 하던 일을 마저 하려는데 이지원이 고개를 비스듬히 틀었다.

"전화부터 받아."

분위기가 깨져 흥이 가신 모양인지 그녀가 심드렁한 얼굴로 몸을 일으켰다.

"전화 받으라니까."

그녀의 말에 와락 인상을 쓴 장택근이 속으로 누군지 모를 발신자를 욕하며 휴대폰을 집어 들었다.

"누구야?"

이지원이 등 뒤에서 그를 안으며 어깨 옆으로 얼굴을 뺐다. 빠끔히 그의 휴대폰을 훔쳐본 그녀가 싸늘한 음성으로 말했다.

"수진 선배네?"

하필이면 전화가 와도 임수진의 전화다. 장택근은 귓가에 닿는 이지원의 숨결이 왠지 모르게 차갑게 느껴져 몸을 떨었다.

"전화 안 받아?"

전화를 안 받기도, 또 받기도 뭐해진 그가 휴대폰과 그녀를 번갈아 살펴보았다. 보다 못한 그녀가 손을 내밀어 휴대폰의 액정을 조작했다. 그것도 하필이면 스피커폰을 설정한 그녀의 행동에 장택근은 마지못해 전화를 받았다.

"네, 누나."

그렇게 말하는데 귓가에 이지원이 작게 '누나, 좋아하시네' 하고 중얼거리는 소리가 들린다.

"누나, 말하세요."

애써 이지원을 무시하고 전화기에 대고 말을 한 그는 어쩐 일인지 대답이 들리지 않아 고개를 갸우뚱거렸다.

"뭐지? 신호가 안 좋은가?"

휴대폰의 설정을 조작하려는데 휴대폰 너머에서 임수진의 음성이 들려왔다.

[택근아.]

흐느끼는 듯한 그녀의 음성에 장택근과 이지원은 눈을 동그랗게 뜨고는 서로를 바라보았다.

"누나 울어요? 왜요? 무슨 일 있어요?"

심상치 않은 느낌에 그가 깜짝 놀라 속사포처럼 말하니 이제는 완전히 울먹이는 목소리로 말한다.

[용진 씨가…….]

*   *   *

쏴아아아!

장대비가 쏟아지는 소리에 귀가 먹먹할 지경이다. 시끄럽게 울리던 차의 경적 소리도, 사람들의 웅성거림도 지금만큼은 빗소리에 먹혀 아무것도 들리지 않았다.

빈소로 들어서는 길목에 앉아 담배를 꼬나문 기자는 온통 검은색 일색의 사람들이 오고 가는 것을 바라보았다.

하나같이 검은 정장을 차려입은 그들의 손에 쥐어진 색색의 우산과 그 아래 슬픔에 잠겨 있는 얼굴이 지독스럽게 희극적이다. 말조차 없는 그 얼굴을 보고 있자니 숨이 턱 막힌 그는 곁에 있는 동료에게 물었다.

"딸이 몇 살이라고 했지?"

"이제 중학교 1학년이라고 하더라고."

중학교 1학년이라면 한참 민감할 나이가 아닌가. 아이가 느낄 상실감을 생각한 기자는 한숨을 길게 내쉬었다. 쓰디쓴 숨결과 함께 탁한 담배 연기가 흘러나온다.

"날씨까지 지랄이구만. 어차피 올 거면 조금 일찍 오지."

"그러니까. 그랬으면 이런 일도 없었을 텐데."

이른 저녁부터 내리기 시작한 비가 참으로 야속도 하다. 기왕 올 거라면 조금만 더 일찍 왔으면 자신들이 이 자리에 올 일도 없었을 텐데 뒤늦게 추모라도 하려는지 시끄럽게 쏟아져 내리는 장대비에 입맛이 썼다.

"가족들 사정이 참 그러네."

사회부 기자를 하면서 온갖 인간 군상을 다 보고 또 수많은 죽음을 보았지만 오늘 같은 날이면 정말이지 자신까지 우울해지고는 했다.

"남은 사람만 안됐지."

동료 기자 역시 끊은 담배를 입에 물고 있는 폼이 속이 속이 아닌 모양이다.

"어? 저 사람……!"

"왜? 대통령이라도 왔냐?"

한참 이야기하고 있던 동료가 빈소 앞에 정차한 차에서 내리는 사내를 보고 호들갑을 떨자 기자가 입을 비죽거렸다. 언제나 사고가 생길 때면 느지막하게 나타나 생색만 내고 사라지는 정부 요인이라면 이제 보기만 해도 신물이 났다.

"아니, 아니, 저 사람이 여길 왜……?"

"대체 누구길래……."

결국 호기심을 참지 못한 기자는 안경을 꺼내 썼다.

"어? 장택근 아냐? 저 사람이 여긴 왜 왔대?"

"내 말이. 야, 카메라 돌려."

방금 전까지 맥이 쭉 빠져 세상을 씹어대던 두 기자는 벌떡 일어나 카메라를 들이대고 셔터를 눌러댔다.

*　　　*　　　*

빈소에 도착한 장택근은 입구에 그대로 멈춰 섰다. 저 멀리 정면에서 보이는 흑백의 영정 사진을 보는 순간 억장이 무너지는 것 같다.

"왔어?"

고운 얼굴에 눈물 자국도 채 마르지 않은 임수진이 그를 맞아주었다. 그녀의 인사에 가만히 고개를 끄덕인 그는 무거운 발걸음을 옮겼다.

"형수님……."

자리에 앉아 멍하니 영정 사진만 바라보고 있던 한상아가 텅 빈 눈동자로 그를 바라보았다.

"아, 왔어요? 고마워요. 그이도 가는 길에 택근 씨 보고 싶을 거예요."

어딘지 모르게 나사가 빠진 듯한 그녀의 말에 그는 입술을 짓씹었다. 뭐라 위로의 말을 해야 했지만 도대체 어디서부터 무슨 이야기를 꺼내야 할지 도무지 떠오르지가 않았다.

"형수님⋯⋯."

그저 형수님이란 말만 몇 번이나 반복하니 한상아가 처연한 미소를 지어 보였다.

"전에 내가 말했죠? 언젠가 이런 일이 생길까 봐 사는 내내 그게 제일 무서웠다고. 근데 막상 이렇게 일이 생기니까 그냥 그 사람이 밉기만 해요."

담담한 말투와는 달리 그 안에 담긴 감정이 너무도 슬프고 비통해서 장택근은 차마 위로의 말조차 건넬 수가 없었다.

조용히 고개를 숙여 보인 그가 영정 사진 앞에 서니 상주 역할을 대신하던 김필구가 장택근을 보고 아는 체를 했다.

"이런 일로 다시 보게 돼서 마음이 영 그러네요."

"네⋯⋯."

애써 담담한 얼굴로 인사를 한 장택근은 고인에 대해 예를 취하고 다시 상주에게 인사를 했다.

"밥이라도 들고 가요."

김필구의 말에 대충 고개를 끄덕인 장택근은 조용히 물러나 빈소를 둘러보았다. 다행스럽게도 동료 소방관들이 자리를 지켜주는 덕에 빈소가 쓸쓸해 보이지는 않았다.

한숨을 길게 내쉰 그는 영정 사진을 다시 바라보았다.

사진 속의 조용진은 생전에는 보여주지 않던 환한 미소를 짓고 있었다. 그 모습이 어찌나 야속해 보이던지 장택근은 가슴이 갑갑해졌다.

바로 얼마 전까지만 해도 이제 SNS를 배워 보연이와 조금은 가까워졌다며 함박웃음을 짓던 그이거늘 이제 다시는 그 순박한 미소를 볼 수 없게 되어버렸다.

가만히 영정 사진을 보고 있자니 조용진의 죽음이 뒤늦게 실감이 되었다.

이를 악물고 고개를 들어 천장을 바라보았다. 오늘따라 유독 밝은 형광등 불빛에 눈이 찔린 듯 따끔거렸다. 몇 번이나 눈을 껌벅거렸지만 눈동자는 여전히 아파왔다.

결국 참고 있던 눈물이 뺨을 타고 흘러내렸다.

용진이 형은 이제 없구나.

비록 짧은 인연이었지만 일에 있어서는 숭고한 정신으로 임했고, 사람을 대함에 있어 늘 진심으로 대하던 그를 떠올리니 가슴이 너무도 아파왔다. 빈소에 멍하니 앉아 넋 나간 사람처럼 멍하니 있는 한상아를 보자니 더욱 가슴이 아려왔다.

"밥은 먹었어?"

임수진의 음성이 전화 통화를 할 때와는 달리 마음을 많이 추슬렀는지 덤덤했다.

"어떻게 된 거야?"

목이 메어와 한참을 입만 벙긋거리던 장택근이 억눌린 음성으로 물었다. 그의 참담한 음성에 그녀가 가만히 주변을 둘러보고는 대꾸했다.

"여기서 이야기하기에는 좀 그렇고······."

듣고 보니 유족이 있는 자리에서 꺼낼 이야기는 아닌지라 장택근은 고개를 끄덕였다.

"그럼 잠깐 나갈까?"

"그래. 상훈아, 누나 잠깐만 나갔다 올게."

그녀를 따라온 것인지 김상훈이 저 안쪽에서 쟁반을 들고 분주하게 움직이다 알았다고 고개를 끄덕인다.

"가자."

착 가라앉은 그녀의 음성에 장택근은 말없이 그녀를 따랐다.

조문객들이 들어오는 방향과는 반대편의 복도에 선 임수진이 목소리를 가다듬고는 입을 열었다.

"크게 불이 났었나 봐. 마침 관할이 용진 씨가 있는 소방서여서 출동했는데, 불길이 좀처럼 잡히지를 않았대."

그녀의 음성이 점차 잠겨들었다.

"그래도 사람들은 어찌어찌 구하고 불이 퍼지는 것만큼은 필사적으로 막고 있었나 봐. 근데 마지막 구조자를 데리고 나오는 길에 용진 씨가 사람 그림자를 봤나 봐."

조용진이 사람 그림자를 보았을 무렵에는 이미 건물이 언제 무너져도 이상하지 않을 정도로 손상이 심각한 무렵이었단다.

"동료분들 이야기를 들어보니 용진 씨도 망설였나 봐. 결국은 주변 사람들의 만류에도 뛰어들어갔대. 근데 용진 씨가 들어가고 얼마 있지 않아 건물이 무너졌나 봐. 그렇게 용진 씨는 못 나온 거지."

그 말에 장택근이 다시 한 번 고개를 쳐들었다. 뿌옇게 바랜 시야 탓에 임수진의 표정이 어떤지조차 보이지 않았다.

"그, 그래서 그 사람은 구했어?"

한참 만에 꺼낸 장택근의 목소리가 잔뜩 잠겨 있다.

"그게 사람이 아니었나 봐. 그쪽이 상가라서 옷가게가 조금 많았는데……."

더 듣지 않아도 상황을 알 만했다. 불길과 연기로 잔뜩 엉망이 되어버린 시야로는 마네킹과 사람을 구분할 수 없었을 것이다. 어떻게 보면 허무하기까지 한 그의 죽음에 장택근은 눈을 질끈 감았다.

뺨을 타고 흘러내리는 뜨거운 액체를 느끼며 그는 거친 숨을 가다듬었다.

"소방관이라는 사람들이 원래 그렇대. 사람인지 아닌지 구분이 잘 안 가면 일단 구하고 본다고……."

"그런 바보 같은 사람들이 어디 있어!"

임수진의 말에 결국 장택근이 원망스러운 음성을 토해냈다.

"이번 근무 끝나면 소방호스 잡는 법부터 시작해서 진짜 소방관처럼 만들어주겠다더니……."

넋이 나간 사람처럼 그렇게 중얼거리고 있는데 손끝에 따뜻한 감촉이 전해져 왔다. 엉망이 된 얼굴로 고개를 돌리니 눈물범벅이 된 얼굴로 임수진이 자신을 바라보고 있었다.

말없이 자신의 손을 쓰다듬어 주며 그녀는 한참이나 그를 바라보았다.

그렇게 한참을 있다 보니 장택근은 마음이 어느 정도 진정되는 것을 느꼈다. 임수진 역시 정신이 드는지 어색한 얼굴로 손을 슬쩍 뺐다.

"보연이는?"

그의 말에 그녀가 금세 어두운 얼굴을 했다.

"아까 한참 울다가 잠들었어."

그 말에 조금은 안도감을 느끼던 장택근은 흠칫 몸을 떨었다.

도대체 뭐에 안도한단 말인가. 아비를 잃고 슬픔에 차 울부짖는 딸의 모습을 두 눈으로 직접 보지 않아 그나마 다행이라

는 말인가. 자괴감에 혀끝에 소태를 씹은 것처럼 입안이 썼
다.

"들어가죠."

"그래, 너도 밥이라도 먹어. 급하게 오느라 밥도 못 먹었
지?"

임수진은 차분한 음성으로 그의 등을 떠밀었다.

"입맛 없어요."

"그래도 먹어. 이런 곳에선 원래 식사 맛있게 해주는 게 예
의야."

그녀의 말에 한숨을 내쉰 그는 결국 떠밀리듯 빈소 한편에
마련된 상 앞에 앉았다. 자리에 앉자 김상훈과 오 실장이 갈
비탕과 깍두기를 내왔다.

"힘내요."

"제가 힘낼 게 있나요. 형수님이나 보연이가 힘을 내야
지."

오 실장의 위로에 장택근은 쓴웃음을 지었다.

"먹어. 오늘 밤샐 거야, 아니면 가봐야 하나?"

소주병을 상에 내려놓은 임수진의 질문에 장택근은 고개
를 저었다.

"있어야죠. 어차피 하룻밤 샌다고 촬영 어떻게 되는 것도
아니고요."

"그래, 그럼 배가 든든해야 하니까 많이 들어. 모자라면 말하고."

그녀가 수저 위에 고기 조각과 깍두기를 올려주며 든든히 먹으라며 신신당부했다. 그 말에 장택근은 수저를 들어 입에 넣었다.

한 숟갈, 두 숟갈, 세 숟갈······.

그렇게 무슨 맛인지도 모르고 갈비탕 한 그릇을 비웠다. 배를 채우고 나니 눈앞에 놓인 소주병이 보인다.

딸칵.

뚜껑을 비틀어 열자 알싸한 알코올 향이 코끝을 파고들었다. 조용히 앞에 놓인 잔에 술을 따르려는데 누군가가 그의 손을 잡아왔다.

"사람 많은데 왜 자작을 합니까."

김필구가 그에게서 술병을 뺏어 들고 잔을 채우며 말했다.

"용진이에게 얘기 많이 들었어요. 덕분에 보연이랑도 가까워지고 가족들이 많이 밝아졌다고."

그의 말에 장택근이 고개를 저었다. 이번에는 그가 김필구의 손에 쥐어진 술병을 건네받아 잔을 채웠다.

"아닙니다. 용진 형님 가족이 워낙에 잘해줘서 저야말로 늘 고마웠습니다. 오히려 저희 때문에 귀찮진 않았는지 걱정인데요."

"그렇게 말 안 해도 돼요. 진짜 만난 지는 얼마 안 됐지만 용진이는 그쪽을 친동생처럼 생각하고 있었으니까."

그 한마디에 괜스레 울컥해진 장택근은 말없이 소주잔을 비웠다. 비록 짧은 인연이었지만 사내들 간의 정이라는 게 어디 시간이 짧다 하여 얕기만 하던가.

조용진이 자신을 친동생처럼 생각한 만큼 장택근 역시 그를 각별하게 생각하고 있었다. 지난 화재 현장에서의 인연도 인연이거니와 순박하면서도 진실된 그의 모습에 깊은 정을 느꼈다.

짧은 인연이 이런 식으로 끝나 버리니 가슴이 터질 것처럼 갑갑했다.

"저도 용진 형님을 진짜 친형처럼 생각하고 있었습니다."

잔뜩 잠긴 목소리로 간신히 한마디 하니 김필구가 말없이 그의 어깨를 두들겨 주고는 잔을 채워주었다. 목을 타고 넘어가는 소주가 써도 너무나 썼다. 절로 인상을 찌푸린 그는 다시 잔을 채웠다.

두 남자가 그렇게 말없이 서로의 잔을 채워주고 다시 비워내기를 한참, 갑자기 빈소 입구가 소란스러워졌다.

이제까지 빈소를 감싸고 있던 절절한 슬픔과 애도와는 다른, 어딘지 모르게 경망스러운 소란에 장택근과 김필구는 고개를 돌렸다.

나이 지긋한 중년 남성과 그를 둘러싼 사내들이 빈소에 들어서고 있었다. 중년 남성을 둘러싸고 있던 사내들 중 하나가 빈소 안을 둘러보다가 김필구를 보고는 달려왔다.

*　　　*　　　*

사내가 김필구의 귀에 대고 뭐라 작게 말했다. 그 말을 들은 그의 얼굴이 똥 씹은 것처럼 일그러졌다.

"왜요?"

그 표정이 심상치 않아 장택근이 물으니 김필구가 한숨을 내뱉었다.

"아무것도 아닙니다. 잠깐 앉아 계세요."

그렇게 말하고 자리에서 일어난 그가 빈소의 이곳저곳에서 일손을 거들거나 식사를 하고 있는 동료들을 불러 모았다.

김필구의 호출에 불려온 소방대원들은 영문을 몰라 눈을 껌벅거렸다. 그런 그들을 보며 그가 뭐라고 짧게 말하니 그들의 얼굴이 김필구와 마찬가지로 똥 씹은 표정이 되었다.

중년의 남자는 그들이 하는 모습을 거만한 표정으로 지켜보다가 헛기침을 했다. 그의 헛기침에 불편한 얼굴을 하고 있던 소방대원들이 그의 앞에 정렬했다.

"커흠……."

남자가 다시 한 번 헛기침을 하자 그의 앞에 도열하고 있던 소방관들이 일제히 거수경례를 했다.

"그래, 수고가 많아요."

그들의 경례에 남자의 표정이 인자해지는데 그 얼굴이 어찌나 가식적인지 몇몇 소방관이 눈썹을 꿈틀댔다.

"그래, 이번에 큰일을 겪은 분이 누구신가?"

영정 사진을 하염없이 바라보는 한상아를 보면 단번에 알아챌 수 있는 것을 남자는 군이 곁에 있는 사내에게 물었다.

"시장님, 저쪽에 계신 분이……."

곁에 있던 수행원의 말에 남자, 고양시장이 느릿느릿하게 걸음을 옮겼다. 한상아의 바로 곁까지 다가간 그가 가만히 서 있는데, 그녀는 여전히 영정 사진에서 고개도 돌리지 않은 채 망연자실해 있다.

"음……."

잠시 기다리던 시장의 불편한 기색에 수행원이 잽싸게 한상아에게 말했다.

"안녕하십니까. 얼마나 상심이 크십니까."

수행원의 말에 한상아가 고개를 힐끔 돌려 고개를 숙여 보이고는 다시 영정 사진으로 고개를 돌렸다.

"음. 한상아 씨, 옆에 계신 분은 고양시장님이십니다."

그녀가 별다른 제스처를 취하지 않자 수행원이 슬쩍 남자의 정체를 밝혔지만, 시간이 갈수록 더해지는 슬픔과 비통함에 한상아는 멍한 눈빛으로 그저 다시 한 번 고개를 숙여 보일 뿐이었다.

결국 보다 못한 시장이 한 걸음 나서며 그녀에게 말했다.

"부군의 일로 얼마나 상심이 크십니까."

이번에는 작정을 했는지 그녀와 영정 사진의 중간을 가로막고 하는 말이라 그녀도 이번만큼은 고개를 돌려 그를 빤히 바라보았다. 그 텅 빈 눈동자에 시장이 움찔 몸을 떨다가 이내 가식적인 얼굴로 참담한 심정을 연기했다.

"조용진 소방교와 같은 훌륭한 소방관을 잃었다는 건 고양시의 입장에서도 크나큰 손실이 아닐 수가 없습니다. 부디 이번 일로 가족분들의 상처가 크지 않기를 바랍니다."

들으면 들을수록 가관이다. 지아비를 잃고 아비를 잃은 유족의 상처가 크지 않기를 바란다니 도대체가 말도 되지 않는 소리를 지껄여 댔다.

"네, 찾아주셔서 감사합니다. 부족하지만 식사가 준비되어 있으니 많이들 들고 가세요."

그녀가 조문객에 대한 예의를 갖춰 그렇게 말하니 시장의 얼굴이 잠시 굳었다. 말이야 그렇게 했지만 실상은 자신을 내버려 두라는 말이 아닌가.

그가 불편한 얼굴로 자리에서 일어나는데 수행원들의 표

정이 곱지 않았다. 하지만 자리가 자리이니만큼 그저 불만 어린 얼굴을 해보이는 정도로 끝이 났는데, 이 모든 광경을 지켜보고 있던 조문객들은 어이가 없는 정도를 넘어서 부아가 치밀어오를 지경이었다.

유족의 슬픔과 비통함을 나 몰라라 하고 이 무슨 관료주의적인 태도라는 말인가. 처음부터 끝까지 마음에 들지 않는 그의 태도에 사람들의 눈길이 매서워졌다.

하지만 눈치가 없는 것인지, 그도 아니면 다른 사람의 눈길 따위는 애초에 염두에 두지 않는 것인지 시장은 천연덕스러운 얼굴로 방금 전까지 대원들이 앉아 한창 식사를 하던 상에 자리를 잡았다.

"나 때문에 식사를 멈춘 건가? 들어요, 들어."

그렇게 말을 해도 곁에서 카메라를 들고 따라다니는 수행원의 존재가 여간 부담스러운 게 아니다. 굳은 얼굴을 한 소방대원들은 식사를 다 마쳤노라며 그릇을 치웠다.

그렇게 자리가 비자 수행원들이 기다렸다는 듯 김상훈에게서 받아온 갈비탕과 깍두기를 상에 올려놓았다.

"그래, 이런 곳에 와서는 맛있게 먹어주는 것이 우리네 정이지."

시장이 상에 올라온 갈비탕을 보며 천연덕스럽게 지껄이고는 수저를 놀리기 시작했다. 그 모습을 찍겠다고 또 수행원들이 부산을 떨어대는 통에 엄숙하던 빈소가 소란스러워졌다.

"그래, 어떻게 하다가 변을 당했다고?"

한참 갈비탕을 먹어대던 시장이 낮은 목소리로 곁에 있는 수행원에게 물었다.

"아, 화재 현장을 벗어나는 길에 사람 그림자를 보고는 다시 돌입했답니다. 그때가 건물 붕괴 직전이었던지라 그대로 현장에서……."

수행원의 말에 그가 있지도 않은 턱수염을 쓰다듬는 시늉을 하며 고개를 끄덕였다.

"그래, 모든 소방관의 귀감이구만. 이번 화재로 일을 당한 일반인은 없는 걸로 알고 있는데 그 와중에도 사람을 구한 모양이야."

시장이 그렇게 말하자 수행원이 난감한 얼굴을 했다.

"그게 마지막에 발견한 것이 사람 그림자가 아니라 사실은 마네킹이었다는 이야기가 있습니다. 불길도 강하고 연기도 심해서 조용진 소방교가 잠시 착각한 모양입니다."

수행원이 조심스럽게 대답하자 일순간 시장의 얼굴에 황당하다는 빛이 떠올랐다.

"아니 그럼 헛짓거리 하다가 간……."

"시장님."

수행원이 깜짝 놀라 주변을 살피며 그를 만류했다. 본인도 부지불식간에 나온 말에 놀랐는지 눈을 데굴데굴 굴려 사람들의 눈치를 보더니 아무도 자신의 이야기를 듣지 못한 것 같아 보이자 안도의 한숨을 내쉬었다.

"그래, 마네킹이든 사람이든 그 구조정신이 훌륭한 거지."

그래도 혹시 몰라 제 말을 주워 담는다고 하는 말이 가식적이기 그지없다.

"천천히 마셔. 취하면 밤 못 새워."

순식간에 잔을 비우고 다시 채워 넣는 장택근을 보며 임수진이 걱정스레 말했다.

"크윽."

대답도 없이 다시 잔을 털어내는 그 모습이 어쩐 일인지 화가 나 있다.

"갑자기 왜 그래?"

그녀가 장택근의 잔을 손으로 덮으며 물었다. 막 술잔을 잡아가던 그가 그녀를 말간 눈으로 바라보았다. 어딘지 모르게 섬칫한 그 모습에 그녀는 흠칫 놀라 몸을 떨면서도 잔을 덮은 손을 치우지 않았다.

"웬 돼지새끼가 와서 같지도 않은 짓거리를 하는 게 꼴 보기 싫어서요."

평소 이우혁과 김우영을 대할 때면 장난스럽게 욕을 주고

받기도 했지만, 지금처럼 악의 가득한 폭언을 해대는 그를 본 적이 없는 터라 임수진은 눈을 동그랗게 떴다.

"아까 소방관 분들 얼굴 봤죠? 그래도 사람들을 위해 그렇게 노력하는 분들인데 시장 얼굴도 못 알아보잖아요. 평소 소방서 근처에는 얼씬도 하지 않았다는 말인데, 그런 사람이 이렇게 일이 터지니까 생색내겠다고 와서 하는 짓거리 보세요. 진짜 역겨워서."

그의 말에 언제 다가왔는지 김필구가 자리에 앉아 고개를 끄덕였다.

"아무리 관료사회라지만 오늘은 좀 너무했죠. 우리야 까라면 까야 하는 입장이라지만 유족들한테까지 저런 권위적인 태도를 보이는 건 너무했습니다."

최대한 말을 가려 한다고 하지만 그 음성에 분기가 가득한지라 임수진이 고개를 절레절레 저었다.

"저 새끼, 보나마나 사진 다 찍으면 바로 자리에서 일어날걸요."

장택근의 냉랭한 말이 끝나기가 무섭게 수행원에 둘러싸여 있던 고양시장이 자리에서 일어났다. 갈비탕을 먹는 것 역시 연출의 일환이었는지 몇 숟갈 들지 않아 새것과 다름없었다.

그가 다시 한 번 한상아에게 인사를 하고 빈소를 나가려는데, 한상아의 곁에 아까까지만 해도 보이지 않던 소녀가 앉아 있다.

"오, 따님이신가? 똘망똘망하게 생겼네."

인자한 얼굴을 한 그가 조보연의 앞에 쭈그리고 앉아 말하는데 또다시 플래시가 터져댔다.

"누구세요? 아빠 친구세요?"

도대체 얼마나 울어댔는지 아직도 눈물이 마르지 않은 보연이가 얼떨떨한 얼굴로 묻자 그가 고개를 저으며 대답했다.

"이 아저씨는 고양시장이란다. 훌륭한 일을 하신 아빠에게 감사 인사드리려고 온 거야."

연령 설정을 잘못 잡았는지 마치 초등학생을 대하듯 하는 그의 태도가 진정으로 가식적이다. 게다가 이번에는 연령 설정뿐 아니라 상대도 잘못 정한 듯했다.

시장이라는 말을 들은 보연이의 얼굴이 대번에 사나워졌다. 갑작스러운 보연이의 변화에 시장을 비롯한 사람들이 눈을 동그랗게 떴다.

"아저씨가 그 시장이에요? 우리 아빠랑 아빠 친구들이 불도 제대로 못 끄게 돈도 제대로 안 주고 막 그런 사람이 아저씨냐고요?"

아무래도 인터넷이나 이런저런 커뮤니티에 떠도는 소방관들에 대한 이야기를 주워들은 모양이다.

"예산도 다 깎고 방화복도 없어서 맨몸으로 불길에 뛰어들게 만든 사람이 아저씨냐고요!"

아무래도 중학교 1학년인 보연이가 이해하기에는 소방방재청이나 정부 조직의 구조도가 어려운 모양인지 엉뚱한 곳으로 불똥이 튀어버렸다.

"얘야, 그건 이 아저씨랑은 아무 상관이 없는⋯⋯."

당황한 시장이 변명처럼 입을 놀리는데 보연이가 시장에게 달려들었다. 워낙에 순식간에 일어난 일이라 그를 둘러싸고 있던 수많은 수행원도 보연이를 제지하지 못했다.

"우리 아빠 살려내요! 아저씨가 예산도 안 주고 아빠 힘들게 해서 우리 아빠가 죽었잖아! 우리 아빠 살려내!"

눈물을 펑펑 쏟으며 그 조막만 한 주먹을 마구 휘두르며 시장의 가슴이며 몸을 때려대는 보연이의 행동에 한상아가 깜짝 놀라 손을 뻗는데 그녀보다 빠른 사람이 있었다.

고양시장의 수행원 중 하나가 당황한 나머지 시장을 지키겠다고 보연이의 팔을 붙잡아 밀쳐 버렸다. 아비를 잃은 슬픔에 밥조차 제대로 먹지 못하고 울다 지쳐 탈진했다가 방금 전에 일어난 보연이다. 그런 보연이니만큼 너무도 무력하게 수행원의 손짓에 나뒹굴고 말았다.

"저런 개새끼가!"

사방에서 그들을 지켜보고 있던 조문객들이 욕설을 내뱉

으며 자리에서 일어났다. 그렇지 않아도 배알이 뒤틀리는 그들의 행동에 속이 불편하던 그들인데 유족을 함부로 대하는 모습에 참고 있던 분기가 마침내 터지고 만 것이다.

"아니… 나는 그냥 살짝……."

방금 전에 보연이를 밀친 수행원이 당황하여 변명하려 했지만 이미 보연이는 볼썽사납게 바닥을 나뒹굴고 난 뒤였다. 보연이를 꾸짖으려던 한상아도 상황이 이렇게 되자 눈에 핏대를 세우고는 벌떡 일어났다.

"쥐꼬리만 한 월급 받아가며 사람들 구하겠다고 난리 친 사람 끝이 이거야! 매번 크고 작은 상처를 달고 들어와서도 사비 들여가며 치료하는 것도 서러운데 그걸로 징계나 하고! 그러다 결국 이렇게 됐는데, 이제 우리 딸까지 죽이려 들어!"

이미 상심과 슬픔으로 한계점에 달해 있던 한상아는 보연이가 바닥을 나뒹구는 모습에 완전히 이성을 상실했다.

"잘난 당신이 책상머리에 앉아서 서류나 뒤적거리고 커피나 마시고 있을 때 우리 애 아빠가 어떻게 현장에서 일했는지 알기나 해!"

불특정 다수를 향한 분노와 서러움, 그리고 보상심리가 엉망진창인 상태에서 화살이 시장에게 향했다.

"맨날 깨지고 찢어지고 쭈글쭈글해져 집에 들어와서도 힘들다, 아프다 한마디 안 하던 우리 애 아빠야! 근데 이제 와서 이게 무슨 짓이야!"

　따지고 보면 보연이를 밀친 것은 수행원이고 소방 인력에 대한 지원과 예산 상정은 그의 권한이 아니었다.

　굳이 잘못을 따지자면 경건해야 할 자리에 카메라맨을 데리고 와 생색이나 내려 한 그 행동이 지적을 받아야 할 것이다.

　하지만 지금 시장은 엉뚱하게 유족의 분노에 휘말려 버렸다.

　"아, 아니, 이건 댁의 따님이 먼저……."

　"열네 살짜리 여자애가 때리는 게 아팠냐!"

　수행원의 행동에 분노한 누군가가 외쳤다. 사실 당사자야 아팠는지 안 아팠는지 몰라도 다른 사람들이 보기에 보연이의 행동은 힘없는 절규였고 기진맥진해서 겨우 팔다리를 흐느적거리는 게 고작인 발버둥에 불과했다. 그런 여자아이의 행동에 과민하게 나선 수행원과 시장의 모습에 그간 참아온 분노가 차오른 것이다.

　게다가 분노한 한상아가 시장에게 가까이 다가서려 하자 시장의 앞을 가로막은 수행원이 그녀의 어깨를 잡으며 제지하는 순간 사람들이 일제히 벌떡 몸을 일으켰다.

　"오늘 남편을 잃은 분입니다. 안쓰럽지도 않으세요?"

　언제 다가왔는지 장택근이 그녀의 몸에 닿은 수행원의 팔을 밀쳐내며 말했다.

"아니, 그게 아니라… 왜 엉뚱한 나한테……."

시장이 억울한 얼굴로 말하다가 장택근과 사람들이 뚫어 준 길을 열고 자신의 지척으로 다가선 한상아를 보고는 눈을 동그랗게 떴다.

"부군을 잃은 상심이 크다는 건 이해하지만 이성적으로 생각했을 때 고양시는 시민의 안전과 소방관의 복무 환경을 위해 최선을 다하고 있다는 사실을 알아주세요. 지금 이러는 건 부군의 죽음을 욕되게 하는 겁니다."

당황한 기색을 지운 그가 청산유수처럼 말을 쏟아냈지만, 한상아는 도리어 피를 토하는 듯한 음성으로 절규했다.

"당신이 그랬잖아! 우리 애 아빠 헛짓거리 하다가 간 거라고!"

아무도 못 들은 줄 알았는데 한상아가 그의 말을 들은 모양이다. 그녀의 말에 시장의 얼굴이 하얗게 질려 버렸다.

그리고 그 모든 모습을 지켜보고 있던 이들 중 누군가가 분주하게 카메라로 찍어댔다.

6장

열애설

〈예견된 사고, 그리고 안타까운 희생〉

'가장 먼저 들어가고 가장 마지막에 나온다[First in, Last out]', 소방관들이 매번 화재 현장에 뛰어들며 입버릇처럼 하는 말이다. 이처럼 소방관들은 국민의 생명과 안전을 지키기 위해 살신성인의 정신으로 위험을 마다하지 않는다.

하지만 화재 현장은 이러한 정신 무장만으로 헤쳐 나가기에는 턱없이 위험하다.

부족한 예산과 인력에 시달리며 만성피로와 각종 외상 후 스트레스를 겪고 있는 소방관들이 위험에 노출되는 것은 어찌 보면 당연한 일이다.

고양시 일산동구 장항동의 한 상가에서 일어난 화재에서 조용진(34. 소방교) 소방관이 순직한 것은 예견된 인재일 수도 있다.

건물 전체를 태우며 무려 반나절 만에 간신히 진화된 화재 현장은 화마가 할퀴고 간 자국이 깊게 남아 끔찍하기만 했다. 온통 타고 그을리고 녹아내린 현장에서 숨진 채 발견된 조용진 소방관은 사람의 형체로 보이는 무언가를 꼭 끌어안고 있었다.

불길에 휩싸여 처참하기만 한 그의 시신이 끝까지 보호하려고 했던 것은 무엇일까.

당시 현장에 함께 출동했던 동료 소방관은 '화재 현장에 나가면 불길과 연기 때문에 시야가 좋지 않다. 그런 상황에서 구조 활동을 벌이다 보니 종종 다른 물건과 사람 그림자를 착각하게 된다'며 당시 조용진 소방관이 건물을 탈출하는 과정에서 다시 되돌아간 사연을 설명했다.

이미 구조 작업이 지연되며 체력적으로 한계인 상태였다. 게다가 노후한 건물 역시 언제 무너질지 모르는 상황이었지만, 조용진 소방관은 현장으로 돌아가는 것을 선택했다.

끝까지 지켜내겠다는 의지의 발로인지 처참하게 망가진 조용진 소방관의 시신은 상가의 한 의류점에 비치되어 있던 것으로 추정되는 마네킹을 꼭 감싸 안고 있었다.

비록 그를 죽음에 다다르게 만든 것이 마네킹에 불과할지라도 그가 지켜낸 것은 마네킹이 아닌 일선 소방관들의 숭고한 희생정신이 아닐까. 조용진 소방관의 장례는 일산 백지병원에서 치러졌다.

이렇게 불철주야 국민의 안전을 위해 노력하는 소방관들이 현재 심각한 인력 부족과 예산 부족에 허덕이고 있다.

◆사용 연한을 넘긴 장비

한 소방관은 '현장에서는 예측 불가능한 상황이 자주 벌어져 장갑이나 신발 등 개인 장비가 망가지는 경우가 많다. 하지만 그런 물품이 망가져도 사비로 사야 한다'고 말했다.

올해 소방방재청이 공개한 전국 소방서 진압·보호 장비 보유율(지난해 12월 31일 기준)이 91.8%에 머물렀다. 기본인 100%에 못 미치는 것이다.

수량이 부족한 것도 모자라 장비 태반이 사용 연한이 넘은 것들이다.

이러한 장비의 노후화는 위험에 늘 노출되어 있는 일선 소방관들이 안전하지 못하다는 말과 상통한다. 작게는 소방관 개인의 안전이고 크게는 국민의 안전을 위해 반드시 갖춰야 할 기본 장비조차 제대로 갖춰지지 않고 있는 것이 현실이다.

당장 교체가 시급한 노후 소방차 1천 202대를 포함해 향후 5년간 교체해야 하는 소방차가 4천 211대나 된다.

◆터무니없는 근무 시간과 부족한 인력

고질적인 인력 부족에 시달리다 보니 소방관 1인이 관리해야 하는 국민의 수가 너무 많은 건 물론 하루 12시간이 넘게 근무해야 하는 것이 현실이다.

하지만 초과근무수당도 제대로 받지 못할 뿐 아니라 각종 스트레스에 시달리고 있지만 제대로 된 치료도 받지 못하고 있다.

소방발전협의회에 따르면 현재 전국의 소방관 6천여 명이 지방자치단체를 상대로 소송을 진행하고 있다. 예산이 없다는 이유로 초과근무수당을 받지 못한 전·현직 소방관들이 2009년부터 순차적으로 소송을 낸 것.

소방관 1명당 평균 임금 2천 600만 원을 받지 못했으며, 전국 17개 광역시·도 중 경남을 제외한 모든 곳에서 소송이 진행되고 있다.

또 소방관은 3교대로 근무하는 것이 원칙이지만 부족한 인력 때문에 사실상 3조 2교대, 더러는 2조 맞교대에 가까운 겨무에 시달리는 것으로 알려졌다.

소방관 1명이 담당하는 시민 수치 역시 입을 다물지 못하게 만든다.

미국은 소방관 1명당 평균 200여 명의 시민 안전을 담당하지만 우리나라는 평균 2천여 명 이상을 맡고 있다.

이렇다 보니 국민이 재난 상황 시 안전한 소방 서비스를 받지 못하고 있는 것이다.

이에 국민이 안전한 소방 서비스를 받고 예산·인력 부족과 각종 열악한 환경에 노출돼 있는 소방관을 위해서라도 소방공무원을 지방직이 아닌 국가직으로 전환해야 한다는 목소리가 높다.

한 소방관은 '내가 공무원이 맞나 하는 생각이 들 때가 한두 번이 아니다'며 '소방관이 된 후 화재 진압과 구급 업무 등을 하며 너무나도 열악한 근무 환경에 자괴감이 들지만 생명을 구한다는 생각으로 지금까지 버티고 있다'고 말했다.

소방직에 종사한 한 전문가는 '소방관이 열악한 환경에 노출된 채 근무하는 것이 사실'이라며 '소방공무원의 국가직으로 신분단일화를 통해 국가에서 균등한 투자로 소방관을 육성함으로써 국민 모두에게 좀 더 안전한 소방 서비스를 제공해야 한다'고 강조했다.

경기일보 박근영 기자.

〈고양시장, 순직한 소방관의 빈소에서 봉변?〉

경기도 고양시에 위치한 한 장례식장을 찾은 고양시장이 봉변을 당한 걸로 알려져 화제가 되었다. 당시 고양시장은 같은 날 화재 현장에서 순직한 경기도 고양 소방서 소속의 한 소방관의 유족들을 위로하려 현장을 방문했다가 봉변을 당했다.

빈소에 들어선 순간부터 고양시장은 관료주의적인 태도를 버리지 못하고 동료 소방관의 죽음 탓에 비통해하는 소방관들을 도열시키고 경례를 받으며 입장한 것으로 알려졌다. 게다가 그의 관료주의적인 행동은 여기서 끝나지 않았다.

유족을 위로하는 와중에 '마네킹을 구한 영웅'이라 불리며 국민들에게 그 숭고한 희생정신으로 감동과 눈물을 선사한 고인을 '사람도 아닌 마네킹 따위를 구하는 헛짓거리를 한'이라며 모독했다.

이에 분개한 고인의 아내(33세)와 유족들에게 격렬한 항의를 받았다. 이 과정에서 고양시장의 수행원 중 하나가 고인의 딸(14세)을 밀쳐 쓰러뜨리며 과격한 행동을 보인 것으로 알려졌다.

이에 당시 빈소를 찾아와 있던 조문객 중 연예인 장 모 씨(30세, 배우)와 임 모 씨(37세, 배우)가 격렬하게 항의하자 당황한 고양시장은 바로 빈소를 빠져나왔다.

이 같은 관료주의적인 태도와 권위의식을 버리지 못한 일부 몰지각한 인물들이 고인의 숭고한 정신을 더럽혔다며 현장에 있던 조문객들은 분노했다.

텔레캐스트. 이동국 기자.

*   *   *

인터넷에 올라온 두 개의 기사로 인해 대한민국은 난리가 났다.

비록 사람도 아닌 마네킹을 구하다 순직했지만, 만약이라는 가정하에 초개처럼 목숨을 버린 조용진의 숭고한 희생정신에 국민들은 감동을 받지 않을 수가 없었다.

네티즌들은 조용진을 '마네킹을 구한 영웅', '장항동의 영웅'이라고 부르며 그 죽음을 심히 안타까워했다.

그리고 조용진의 죽음이 안타까운 만큼, 아니, 그 이상으로 대한민국 국민을 분노하게 한 것은 상상 이상으로 열악하기만 한 소방관들의 근무 환경과 고인의 죽음을 모독한 고양시장의 태도였다.

청와대의 홈페이지에는 소방관의 예산이 삭감된 이유를 묻고 성토하는 글이 넘쳐났으며, 고양시의 시민의 소리 게시판은 고양시장을 비난하는 사람들이 대거 몰려든 탓에 서버가 폭주하여 장시간 다운되는 상황까지 벌어졌다.

분노한 국민의 뭇매에 당황한 고양시장은 다급히 자신은 고인을 모독한 적이 없으며 사소한 오해로 인해 빚어진 상황이라 변명했다.

하지만 적나라할 정도로 선명하게 찍힌 사진이 이미 인터넷에 파다하게 올라와 있는 마당이라 그의 변명은 통하지 않았다.

급기야 고양시장은 경솔한 태도로 유족들에게 상처를 주고 국민에게 심려를 끼친 것이 죄송할 뿐이라며 사과문을 올려야 했다.

그를 비난하는 여론은 여전했지만, 그래도 사태는 진정되는 기미가 보였다. 그렇게 사건이 일단락될 기미가 보이자 사람들은 당시 조용진의 빈소를 지키고 있던 연예인 장 모 씨와 임 모 씨의 정체를 궁금해했다.

온갖 추측이 난무하고 이에 편승한 일부 몰지각한 연예인들의 조작 등의 행동으로 여러 가지 해프닝이 벌어졌지만 진실은 금세 밝혀졌다.

조용진의 무남독녀 조보연의 SNS에 올라온 임수진의 사진이 일파만파 퍼져 나간 것이다. 친조카와 이모라고 해도 좋을 정도로 다정한 모습을 한 사진 속의 그녀들을 보며 사람들은 오랜만에 연이어진 부정적 기사 속에서도 훈훈한 미소를 지을 수 있었다.

임 모 씨가 임수진으로 밝혀지자 장 모 씨의 정체는 너무도 쉽게 드러났다.

영화 〈심장이 뛴다〉의 상대 배우 장택근의 프로필이 기사의 내용과 일치한 탓이다.

게다가 충무로 정통의 블록버스터를 표방하는 〈심장이 뛴다〉가 소방관의 이야기를 그려낼 것으로 알려진 터라 네티즌들의 추리는 금세 확신이 되었다.

이에 NB엔터테인먼트의 관계자는 홍보 영상 촬영 현장에서 만난 이후 각별한 인연을 이어가고 있던 조용진과 장택근의 관계를 언론에 공개하였다.

바쁜 촬영 일정을 오가면서도 관계를 이어온 그들의 훈훈한 모습이 인터넷에서 화제가 되었다.

그리고 자연스럽게 지난 홍보 영상의 촬영 현장에서 일어난 화재가 뒤늦게 입소문을 타며 다시 한 번 홍보 영상이 연일 포털사이트의 실시간 검색어 상위권에 랭크되며 이슈가 되었다.

당시 화면에서 보여준 실감나는 연기가 화재 현장을 방불케 할 정도로 만들어진 세트장에서 촬영되었으며, 배우들이 실제 소방관과 다름없는 상황 속에서 연기를 했음이 밝혀지며 제작진과 배우들의 열정에 대한 찬사가 쏟아졌다.

일각에서는 지나친 욕심으로 인해 인명사고가 날까 걱정된다며 우려를 표했지만, 안전에 대한 방비를 철저하게 할 것을 표명한 제작사 측의 입장에 그런 의견은 금세 수그러들었다.

*　　　*　　　*

"피곤하지?"

촬영이 끝나고 차에 오른 장택근에게 추영훈이 물었다. 벌써 영화 촬영이 초반부를 넘어서 중반부를 바라보고 있었다. 당연하게도 비중이 큰 장택근의 피로도가 올라갈 수밖에 없었다.

게다가 슬슬 방화복과 장비를 챙기고 찍는 장면이 많아지는데다가 날씨까지 더워지니 배우들은 나날이 죽을 맛이었다.

하지만 홍보 영상이 화제가 되며 그 열정에 대한 찬사가 온 나라에 파다하니 CG의 비중을 올리자는 말도 하지 못하고 벌써부터 눈에 독기를 품고 촬영에 임했다.

"네, 조금 있으면 진짜 여름인데 큰일이네요."

촬영장에서 흘린 땀을 제대로 닦아내지도 못하고 차에 오른 그가 킁킁대며 자신의 몸을 살피다가 인상을 찌푸렸다.

"왜? 땀 냄새 나?"

추영훈의 말투가 마치 놀리는 듯해서 그가 눈썹을 찌푸렸다.

"진짜 씻고 싶어요."

그나마 머리를 짧게 친 탓에 홀가분한 것이 다행이라며 그가 엄살을 떠는데, 추영훈이 방금 생각났다는 듯이 말했다.

"아, 맞다. 택근 씨, 오늘 기사 봤어?"

그렇지 않아도 연일 올라오는 조용진의 죽음과 장례식장에 관련하여 올라오는 기사 탓에 한동안 뉴스 근처에는 눈도

주지 않던 그다. 당연하게도 추영훈이 말하는 기사가 무엇인지 알 도리가 없었다.

"왜요? 또 뭐 올라왔어요?"

기사라는 말에 인상부터 찌푸린 그를 보며 추영훈이 웃는 낯으로 말했다.

"인상 펴. 안 좋은 기사 아니니까. 아니, 어떻게 보면 안 좋은 기사 맞나?"

장난기 가득한 그의 말에 그가 시큰둥하게 물었다.

"뭔데요?"

그 심드렁한 태도에 추영훈이 작게 '기사 얘기만 나오면 질색을 하는구만' 하고 중얼거리고는 다시 웃음기 가득한 음성으로 말했다.

"택근 씨, 또 열애설 났더라?"

그 말에 장택근이 눈을 동그랗게 떴다. 그 모습이 재미있는지 추영훈이 싱글벙글하며 부연 설명을 해주었다.

"수진 씨하고 열애설 터졌어."

그 말에 장택근의 얼굴이 와락 일그러졌다.

그 순간 전화벨이 울렸다. 혹시나 했더니 역시나 이지원이다. 마치 주변에서 지켜보고 있는 것처럼 타이밍 좋게 걸려오는 전화에 장택근이 진땀을 흘렸다.

"지원 씨야?"

그의 속도 모르고 추영훈이 흥미롭다는 얼굴로 물었다.

"기사 봤겠죠?"

"모르지. 지원 씨야 워낙 바쁘니까 못 봤을 수도 있고, 아니면 요즘 워낙에 시끄러웠으니 봤을지도 모르고."

애매모호한 말에 장택근이 한숨을 내쉬고는 휴대폰을 귀에 가져다 댔다. 눈을 질끈 감고 통화 버튼을 누르고 보니 기분 탓인지 주변 공기가 싸해지는 느낌이다.

"여보세요?"

애써 태연한 음성을 한 장택근이 휴대폰 너머의 그녀를 떠올리며 말했다.

[아, 난데. 지금 어디야? 촬영 끝났지?]

"차로 이동 중이야."

찔리는 게 있는지라 그 여상스러운 질문에도 찔끔 놀라 짧게 대답한 그는 가만히 그녀의 기색을 살폈다. 하지만 목소리만으로 그녀의 기분을 파악하는 것은 쉽지 않았다.

[잘됐네. 통화 되지?]

무언가 중요한 일이 있는 듯한 기색이라 그는 목소리를 가다듬었다.

"어흠. 어."

[요즘 올라오는 기사 봤어.]

그는 눈을 질끈 감았다. 역시나 전화한 용건이 그의 예상과 다르지 않았다.

"그게 말이야. 수진 누나하고 내가 장례식장에……."

[응? 그게 무슨 얘기야?]

선수를 친다고 한 것이 아무래도 잘못된 듯하다. 그의 변명을 툭 잘라낸 그녀의 음성이 싸늘해졌다.

[지금 소방관들 지원하는 이야기하려던 건데… 수진 선배 얘기가 왜 나와?]

아뿔싸. 그녀가 본 기사라는 게 그와 임수진의 열애설이 아닌 모양이다. 그녀는 소방관들의 열악한 상황에 대해 이야기하는데 지레짐작으로 괜한 이야기를 꺼내 버렸다.

진땀을 뻘뻘 흘리며 변명을 하니 잠시 그녀가 말이 없었다. 무슨 말을 해야 할지 몰라서 덩달아 침묵을 지키던 그는 한참만에 들려온 그녀의 음성에 울상을 지었다.

[수진 선배랑 열애설 터졌네?]

"그게 말이야……."

[사진도 찍혔네. 아주 손을 꼭 잡고 있는 게 다정해 보이네.]

그녀의 말에 장택근이 잠시 휴대폰을 손으로 막고 추영훈에게 물었다.

"형, 기사에 사진도 올라왔어요?"

"어. 장례식장에서 찍힌 거 같던데. 그 택근 씨 얼굴은 안 보이는데 수진 씨 얼굴이 좀. 기다려 봐 보여줄게."

차량이 마침 신호 대기 상태인지라 추영훈이 빠르게 스마
트폰을 조작해 그의 기사를 찾아 건네주었다.

[수진 선배 표정이 장난이 아닌데?]

이지원의 착 가라앉은 음성을 들으며 휴대폰 화면을 확인
한 장택근은 머리에 손을 짚고는 앓는 소리를 냈다.

사진 속의 자신과 임수진은 공교롭게도 서로 손을 붙잡고
있었다. 당시의 상황이 아마도 조용진의 죽음에 비통해하는
자신을 그녀가 위로하고 있을 때였나 보다.

"너도 알잖아. 용진이 형님 그렇게 가고 나도 수진 누나도
제정신이 아니었던 거."

조용진이 떠올라 무거운 음성으로 대답하니 휴대폰 너머
에서 그녀가 흠칫하는 것이 느껴졌다.

뭐라 할 말을 찾지 못하는지 한참이나 대답이 없는 그녀의
태도에 장택근은 안도의 한숨을 내쉬었다.

수진 누나가 저런 표정을 짓고 있었던가.

뒤통수만 보이는 자신과는 달리 임수진은 꽤나 선명하게
보이는 구도에서 찍혀 있었다.

당시에는 정말로 제정신이 아니었는지라 그녀의 표정을
살펴볼 여력이 없었다.

그런데 기사에 실린 사진 속의 그녀는 예사 표정이 아니었

다. 촉촉하게 젖은 눈으로 자신을 바라보며 살짝 입술을 벌린 그녀의 표정은 애처로우면서도 뭔가 사람의 마음을 복잡하게 만드는 무언가가 있었다.

게다가 사진은 한 장이 아니었다. 울고 있는 자신을 위로하며 같이 눈물을 흘리는 그녀의 모습뿐만이 아니라, 갈비탕을 먹는 자신의 수저에 깍두기며 김치를 놓아주는 그녀의 모습이 너무도 다정스러워 보였다.

이렇게 사진만 보고 있자니 당사자인 자신마저도 기사가 사실이 아닐까 하는 생각이 들 지경이다. 그 정도로 사진 속의 임수진의 얼굴엔 특별한 무언가가 있었다.

이 정도라면 이지원이 화를 내는 것을 넘어 의심하는 것도 무리가 아니었다.

[이번은 그냥 넘어갈게. 뭐 상황이 그랬던 건 나도 아니까.]

복잡한 시선으로 휴대폰 화면에 떠오른 임수진과 자신의 사진을 보고 있는데 이지원이 마뜩찮은 음성으로 말했다.

"그래, 너도 기자들 알잖아. 아무렇게나 가져다 붙이는 거."

기분이 상한 듯한 음성은 여전했지만 그래도 더는 이 이야기를 언급하지 않겠다는 그녀의 태도에 안도의 한숨을 내쉬었다. 혹시라도 자신을 의심할까 우려한 것이 무색해져 버렸다.

그것과는 별개로 따로 그녀의 기분을 풀어주기는 해야 하겠지만 일단 한 고비는 넘긴 것 같았다.

　[알았어. 별로 좋은 이야기도 아니니까 그냥 넘어가. 하여간에 내가 전화한 건…….]

*　　　*　　　*

　"오늘 일부러 NG 막 내면 안 됩니다!"

　정영태 감독의 장난스러운 한마디에 스태프들이 와 하고 웃음을 터뜨렸다.

　"엥! 감독님, 그래도 사람이 정이 있는데 몇 번은 모른 척해 줘야죠!"

　누군가 낄낄거리며 그의 말을 받으니 또 사람들이 좋다고 웃어댄다.

　"끄응."

　그들의 태도에 장택근이 난감한 얼굴로 앓는 소리를 냈다.

　오늘은 영화 〈심장이 뛴다〉의 하이라이트 중 하나인 김형준과 김윤아의 키스신을 찍는 날이다. 이미 지난 드라마에서 윤신애와 키스신을 찍어본 경험이 있지만 긴장이 되는 것은 어쩔 수가 없었다.

　아니, 오히려 어떤 면에서는 더욱더 긴장이 됐다. 마침 얼마 전에 열애설이 터진지라 표정 관리하는 것이 여간 어렵지 않았다.

그가 전에 없이 긴장한 얼굴을 하고 있자 임수진이 살짝 웃었다.

"택근 씨, 왜 그렇게 긴장해? 그냥 연기야, 연기."

그녀의 말에 그가 애써 담담한 말로 대꾸했다.

"네, 알아요. 연기. 김형준과 김윤아가 키스하는 거죠."

굳이 극중의 역할을 언급해 보지만 여전히 그의 얼굴은 펴지지 않았다. 그런 그의 긴장을 풀어주려는 것인지 임수진이 농담처럼 이야기했다.

"그렇다고 그렇게 딱 집어서 말하면 이 누나 섭섭한데? 그래도 이 누나가 좀 예쁘잖아? 조금쯤은 설레야지."

장난인 것을 알면서도 그녀가 사진 속에서 지어 보인 표정이 자꾸만 떠올라 장택근은 진땀을 흘렸다. 괜스레 심장이 두근거리는 것이 표가 날까 걱정될 지경이다.

이제는 벌겋게 된 얼굴로 대답도 없이 서 있는 그를 보며 임수진이 눈을 가늘게 떴다.

"택근이 너 혹시 이 누나 좋아해?"

그녀의 뜬금없는 말에 장택근이 눈을 동그랗게 떴다.

"그런 것도 아니면서 왜 그렇게 떨어? 첫 키스도 아니면서."

조금은 농도 짙은 말이라 장택근이 입을 쩍 벌리는데 그녀가 태연하게 다시 얘기했다.

"저번 드라마에서도 키스신 있었잖아. 그냥 똑같은 거라고 생각해."

다르다. 달라도 너무나 다르다. 게다가 당시 여동생처럼 생각하던 윤신애와도 키스신을 촬영하며 얼마나 애를 먹었던가. 그런데 오늘은 왠지 자신이 계속해서 NG를 낼 것만 같은 기분이다.

그는 복잡한 얼굴로 그녀의 시선을 피했다. 그의 긴장이 가시지 않자 한참 그의 긴장을 풀어주려 노력하던 임수진의 얼굴도 조금씩 복잡해졌다.

아무래도 상대 배역이 이렇게까지 긴장하고 있으니 그녀에게도 그 긴장이 옮아버린 모양이다. 나중에 가서는 완전히 어색한 얼굴을 하고 있는 두 남녀를 보며 멀리서 정영태가 말했다.

"저거 저거, 전부터 심상치 않더니 사심 촬영 하는 거 아니야?"

그의 농지거리에 오랜만에 촬영장에 나온 김지명 작가가 대꾸했다.

"뭐, 좀 하면 어떻습니까. 꽃다운 남녀가 연애 좀 해보겠다는데."

"아니, 김 작가님은 평소에는 코빼기도 안 보이다가 왜 하필 오늘 나오셨대."

하필 공교롭게도 키스신을 촬영하는 날에 현장에 찾아온 김지명인지라 헛기침을 했다.

"어쩌다 보니 그렇게 됐는데 뭐 말을 그렇게 해요? 누가 보면 내가 키스신 보려고 온 줄 알겠네."

정영태가 '누가 그렇대?' 하며 피식 웃었다.

"근데 진짜 두 사람 아무 사이도 아닙니까?"

아무래도 작가로 이름이 널리 알려졌다지만 영화 쪽으로는 별다른 커리어가 없는 그이다 보니 이런 촬영장의 분위기가 신기한 모양이다.

"글쎄요. 내가 들었는데, 얼마 전에 택근 씨 생일 파티 때 난리도 아니었다는데요."

"뭐가요?"

그 나이를 먹고도 연예계의 비사에 관심이 많은지 김지명이 대번에 호기심 어린 표정을 지었다.

"나도 들은 건데, 윤신애, 이지원, 그리고 다른 아가씨 한 명까지 택근 씨를 가운데 두고 분위기가 장난 아니었다는데?"

"저 친구 여복이 있는 모양이네그려."

그의 말에 정영태가 짓궂은 미소를 지었다.

"거기에 수진 씨까지 낀다고 생각해 봐. 그 정도면 여복이 아니라 여난이지."

그렇게 그들이 낄낄거리며 떠들어대는데 촬영장의 한편에서 추영훈이 건네준 가글을 하고 있던 장택근이 쓴웃음을 지었다. 필요 이상으로 예민한 청각 탓에 그들의 대화를 다 듣고 만 것이다.

안 그래도 열애설 이후 어색해진 상황인데 그들의 말까지 듣고 나자 더욱 마음이 불편했다.

"택근 씨, 진짜 오늘 왜 이렇게 긴장해?"

"아, 열애설이 좀 신경 쓰여요."

추영훈의 말에 그가 솔직하게 속마음을 털어놓았다.

"누나는 아무렇지 않은 것 같은데, 저는 괜히 어색하고 그래요."

"수진 씨야 이 바닥에서 내공이 장난이 아니니까. 열애설이 터진 게 몇 번인데 이제 와서 그런 기사 하나에 신경 쓰겠어?"

그의 말에 장택근이 와락 인상을 썼다. 그 말을 듣고 보니 왜인지 자존심이 상했다. 마치 짝사랑 상대를 눈앞에 두고 끙끙 앓고 있는데 상대는 자신을 안중에도 두지 않는 듯한 상황이지 않는가.

비약이지만 괜스레 자존심이 상한 그가 다부진 얼굴을 해

보였다.

"그렇다고 또 그렇게 의욕이 과하게 넘치는 것도 곤란한데."

추영훈이 짓궂은 얼굴로 놀리듯이 말하자 애써 다부진 표정을 짓고 있던 그의 얼굴이 순식간에 풀렸다.

"일단 뭐 카메라 돌면 답이 나오겠죠."

"그래, 스태프들도 키스신 촬영할 때 나는 NG에는 관대한 편이니까 일단 부딪쳐 봐."

위로를 하는 건지 놀리는 건지 애매한 추영훈의 말에 장택근은 와락 인상을 찡그리고는 다시 가글을 했다.

"입 헐겠다. 벌써 몇 번째야?"

긴장한 나머지 벌써 몇 번이나 입안을 헹궈낸 그인지라 추영훈이 질렸다는 얼굴을 했다.

그러고 보니 입안이 좀 얼얼한 것 같기도 하다.

"자, 슬슬 준비합시다!"

장택근이 와락 인상을 쓰며 추영훈을 노려보는데 멀리서 정영태 감독이 외쳤다.

"김윤아! 김형준! 준비해 주세요!"

조감독의 사인에 장택근이 몸을 일으켰다.

"택근 씨, 파이팅!"

추영훈의 응원을 뒤로하고 카메라에 둘러싸인 촬영장의

한가운데로 나서니 임수진이 저편에서 걸어오고 있다.

음. 역시 긴장되긴 한다.

일단 부딪쳐 보자는 야무진 각오가 그녀의 얼굴을 보자 단번에 사라지고 그 자리에 다시 또 어색함과 이유 모를 설렘이 자리를 잡았다.

"잘 부탁해."

임수진이 한쪽 눈을 찡긋하며 말하는 순간 정영태 감독의 사인이 길게 늘어졌다.

"준비하시고오오오오!"

*　　　*　　　*

"휴우."

도대체 몇 번이나 NG가 났던가. 장택근은 정말로 키스하다가 입술이 부르튼다는 말이 무엇인지 깨닫고 말았다. 지금도 잔뜩 부어 오른 입술이 얼얼한 게 실리콘이라도 맞은 듯한 기분이다.

"너무 사심 촬영 한 거 아닌지 몰라."

지나가던 정영태 감독의 말에 놀리는 기색이 역력하다. 뭐라 변명하자니 자신이 생각해도 진짜 NG가 많이 난지라 그는 그저 한숨만 내쉬었다.

그래도 그 수많은 NG에도 촬영장의 분위기가 마냥 나쁘지만은 않은 것이 그 NG라는 게 제법 볼만했던 모양이다. 그게 좋은 일인지 나쁜 일인지 구분이 되지 않은 그가 앓는 소리를 냈다.

"오늘 촬영이 여기까지라서 다행이지, 더 했으면 진짜 큰일 날 뻔했다."

추영훈이 웃겨 죽겠다는 얼굴로 그를 놀려댔다.

"그렇게 표 나요?"

"어. 지금 완전 웃겨. 입술만 퉁퉁 부어서."

설마 그렇게까지 부었을까 하면서도 그가 저도 모르게 손끝으로 입술을 만져보았다.

이거 농담이 아닌 모양인데…….

손끝에 닿는 느낌이 정말 장난이 아닌지라 그의 얼굴이 와락 일그러졌다.

"택근 씨가 이 정돈데 수진 씨는 어떻겠니."

저 맞은편에 앉아 오 실장과 이야기를 나누고 있는 임수진을 힐끗 바라보며 추영훈이 넌지시 이야기했다.

"아, 형, 쳐다보지 말아요. 민망하잖아요."

"내가 쳐다보는 건데 뭐가 어때서."

자꾸만 이죽거리니 그는 한숨을 내쉬며 고개를 숙였다.

"아, 알았어. 그만 놀릴게. 근데 입술은 진짜 좀 어떻게 해야겠다."

통통 부어오른 입술이 제 입술 같지 않아 한참을 어루만지고 있는데 성민경이 슬쩍 거울을 건네주었다.

"고마워요."

순간 거울을 본 그는 눈을 동그랗게 떴다. 생각보다 더욱더 두툼하게 부어오른 입술에 저도 모르게 억 소리가 나왔다.

"내가 왜 놀리는지 알겠지?"

제 모습을 보고 놀란 그를 보며 추영훈이 잠시 깐족거리다가 성민경이 옆구리를 찌르자 헛기침을 했다.

"아, 근데 수진 누나가 이상하게 생각하진 않겠죠?"

대체 몇 번을 NG를 냈는지, 혹시 임수진이 오해라도 할까 걱정된 그가 그렇게 물으니 추영훈이 고개를 저었다.

"오해는 무슨 오해, NG 중 반은 수진 씨가 냈는데."

촬영 전에는 그렇게나 침착하던 그녀는 막상 촬영에 들어가자 의외로 서툰 연기를 보였다. 처음부터 필요 이상으로 긴장하고 있던 장택근은 말할 것도 없었으니 당연하게도 NG 파티가 벌어질 수밖에 없었다.

"수진 씨야말로 딴마음 먹은 거 아니야? 그 정도 경력이면 이렇게 키스신 하나에 절절맬 리가 없잖아."

"어휴, 말도 안 되는 소리 말아요. 누나가 뭐가 아쉬워서요."

안 그래도 민망하던 차에 더욱 민망해진 그가 정색을 하자 추영훈이 웃음기를 싹 뺐다.

"다른 스태프들도 이상하다고 하던데? 원래 수진 씨야 NG 안 내기로 소문난 배운데 오늘은 좀 그렇다고."

그의 말에 장택근은 저도 모르게 곁눈질로 임수진을 바라보았다. 뭐가 그렇게 재미있는지 오 실장과 깔깔거리며 이야기를 나누는 그녀의 모습이 태연해 보인다.

"됐어요. 괜히 쓸데없는 소리 말아요."

그가 정말로 곤란하다는 듯한 얼굴로 말하자 추영훈도 이내 고개를 저으며 입을 닫았다.

"괜히 스태프들 오해하겠네요. 차라리 지원이하고의 연애 밝힐까요? 아무리 연기라고 해도 꼭 바람피우는 것 같아서 마음이 영……."

제법 진지한 그의 말에 추영훈과 성민경이 서로를 바라보곤 한마디씩 내뱉었다.

"굳이 그럴 필요가 있을까? 지금 택근 씨 팬 중에 여자가 얼마나 많은데. 팬들이 돌아서는 소리 안 들려?"

"왜요. 밝히면 또 어때서요."

역시나 남자와 여자의 입장은 다른 모양이다. 공개 연애에 대해 회의적인 추영훈을 보며 성민경이 샐쭉하게 눈을 흘겼다.

"그게 이 바닥에서는 인기가 힘인데 지금같이 상승세 탔을 때 굳이 밝힐 이유가 없잖아."

어지간하면 성민경의 의견에 맞춰주는 그가 이번만큼은 단호했다. 그간 방송가를 전전하며 익혀온 매니저의 처세가 여실히 드러났다.

"수진 씨 정도면 열애설 나는 것도 꼭 나쁜 일만은 아니고, 어쨌거나 배우는 연기로 말한다지만 꾸준히 대중들 입에 오르내려야 잊히지 않지."

그도 그럴 테지만 꼭 요즘 들어서는 자신이 바람둥이라도 된 듯한 느낌이라 장택근은 저도 모르게 한숨을 내쉬었다.

"그리고 그게 택근 씨 맘대로 되나? 잃는 건 지원 씨가 더 많을 텐데. 만약 공개를 하더라도 둘이 이야기를 하고 공개해야지."

추영훈의 말이 구구절절 옳았다. 결국 답답한 마음에 한숨만 내쉬고 말았다.

"안 들어가요? 내일부터는 좀 빡셀 텐데 일찍 들어가서 좀 쉬지. 아니면 촬영한 게 마음에 안 드시나?"

언제 다가왔는지 정영태 감독이 슬쩍 끼어들었다.

"아, 감독님."

딱히 뭐라 대답하기에도 뭐해 그가 그저 고개만 숙여 보이니 정영태가 너털웃음을 터뜨렸다.

"알았어요. 내 안 놀릴게. 오늘 수고했어요. 사실 오늘 촬영 분이 쉬운 촬영은 아니었거든. 중간에 그냥 대충 찍고 넘어갈까도 했는데 이게 또 우리 영화의 엑기스 중 하나잖아."

사실 오늘 그들이 촬영한 키스신이 흔해빠진 달콤함만 강조하는 장면만은 아니었다. 생사가 오고 가는 현장으로 돌아가야 할 김형준과 그런 그를 붙잡지도, 또 그렇다고 홀가분하게 보내줄 수도 없는 김윤아의 감정이 그대로 드러나야 할 중요한 장면이었다.

눈물을 흘리는 김윤아와 그런 그녀의 눈물을 핥아내듯 눈꺼풀에 입을 맞추는 등 아름다우면서도 슬픈 그림이 나와야 했다.

육욕에 치우쳐도, 그렇다고 경건해서도 안 되다 보니 감정을 잡기가 여간 어려운 게 아니었다.

"어쨌든 수고했어요. 푹 쉬고 내일까지는 어떻게든 입술 원상태로 돌려놔요. 안 그러면 택근 씨 입술에 CG 처리해야 할 판이니까."

처음에는 위로이던 것이 끝에 가서는 다시 놀리는 말이 되었다. 정영태 감독의 말에 웃지도 울지도 못하고 장택근은 그저 고개만 끄덕이는데 저 멀리서 임수진이 소리쳤다.

"수고들 하셨습니다!"

스태프들에게 수고했다 외치는 그녀를 본 그가 짧게 손을 흔들어주니 그녀가 웃는 낯으로 마주 손을 흔들어주었다.

"들어가요, 누나!"

그렇게 그녀에게 인사를 하니 괜스레 스태프들이 음흉한 웃음을 짓는다. 와락 인상을 찡그린 그가 버럭 소리쳤다.

"왜요!"

드물게 흥분한 그의 태도가 우스운지 스태프들이 더욱 진한 미소를 지어 보였다.

*　　　*　　　*

임수진과의 열애설은 계속해서 추가적인 기사가 뜨면서 쉬이 가라앉지 않았다. 이제는 공식적인 입장 표명까지 해야 하지 않나 싶을 정도로 세간에 그들의 열애설이 퍼져 나가자 추영훈도 전날처럼 마냥 웃지만은 못했다.

"음, 아무래도 조만간 공식적으로 입장을 밝혀야 하지 싶은데."

그의 말에 인터넷에 가득한 기사와 댓글을 보고 있던 장택근이 고개를 끄덕였다. 기사도 기사지만 이제는 갖은 추측을 늘어놓고 그걸 또 마치 사실인 양 살을 붙여 이리저리 퍼뜨리는 네티즌들이 문제였다.

이대로 두었다가는 숨겨둔 애까지 있다고 이야기가 나올

판이라 그는 질린 얼굴로 말했다.

"우리나라 네티즌들 상상력이 이렇게까지 좋은지 몰랐네요. 여기 이 글 보세요. 저하고 수진 누나가 원래부터 알고 있던 사이이고, 고수부지, 강남의 커피숍, 하다못해 호텔에 있는 것까지 봤다잖아요."

"그런 게 있어? 그놈은 좀 심한데?"

'어디 보자' 하며 장택근의 휴대폰 화면을 본 추영훈이 인상을 썼다.

"세상 무서운 줄 모르네. 허위 사실 유포가 얼마나 큰 죈데. 이런 새끼들은 대체 무슨 생각을 하고 산대?"

"낸들 알겠어요. 더 웃긴 건 이딴 소리를 믿는 사람들이 있다는 거죠."

하기야 이런 사람들이 있으니 그가 지난 시간 그 모진 수모를 당하면서도 이지원의 치부를 들출 수가 없었던 것이다.

새삼 네티즌이라는 사람들이 얼마나 스캔들에 열광하는지 깨달은 그는 치를 떨었다.

"어쨌든 조만간 대표님으로부터 무슨 이야기가 있을 거야. 지금은 촬영에 집중하자. 오늘부터 화재 세트에서 찍을 텐데 저번처럼 또 사고 나면 큰일이지. 진짜 지금 생각해도 심장이 벌렁거린다."

지난 홍보 영상을 찍으며 일어났던 사고의 순간을 떠올린 추영훈이 질색을 했다.

"그래도 그때 대기하고 있던 소방관들 아니었으면… 아, 미안."

한창 입을 놀려대던 그가 장택근의 얼굴을 보고는 사과했다. 지난 사고에서 처음 만난 조용진을 떠올렸는지 장택근이 어두운 얼굴로 고개를 숙이는 것을 본 탓이다.

"형이 미안할 게 뭐가 있어요. 세상이 이 모양 이 꼴인데."

말이야 그렇다지만 쉽사리 표정이 밝아지지 않는 그를 보며 추영훈은 괜스레 쾌활하게 말했다.

"벌써 시간이 이렇게 됐네. 가자!"

호들갑스러운 그의 말에 장택근은 애써 태연한 표정으로 몸을 일으켰다. 사무실을 나서려던 그들은 이제 출근하는지 문을 열고 들어서는 김인숙을 만났다.

"안녕하세요. 뭔가 되게 오랜만에 보는 기분이네요."

장택근이 웃는 낯으로 인사하자 그녀가 눈꼬리를 휘어 올리며 대꾸했다.

"그럼요. 오랜만이어야죠. 잘나가는 스타가 허구한 날 사무실에 앉아서 내 얼굴만 보고 있으면 대표 자리 내놔야지요."

그렇게 말한 그녀가 이제 막 생각났다는 듯이 말했다.

"아! 요즘 열애설로 한참 시끄럽죠? 뭐 촬영장에서 기사 때문에 불편한 건 없어요?"

제법 세심하게 챙기는 그녀의 질문에 그가 어색한 얼굴로 고개를 저었다.

없기는 왜 없겠는가. 당장 어제만 해도 하필 키스신 촬영이라 얼마나 곤란했던가. 하지만 곧이곧대로 이야기하기에도 뭐한 터라 그가 그런 일 없다고 얼버무리자 김인숙이 다시 물었다.

"그래요? 다행이네. 앞으로도 신경 좀 써요."

"네?"

"이런 열애설 좀 많이 내라고요."

소속 배우가 열애설이 터졌는데 말리기는커녕 오히려 부추기는 대표라니, 장택근은 어이가 없어 황당한 얼굴로 그녀를 쳐다보았다.

"나쁜 남자. 매력 있잖아요? 요즘 팬들은 나쁜 남자 캐릭터에 열광한다고요."

그녀의 설명에 그는 '아' 하고 고개를 끄덕였다. 어느 정도 납득은 가지만 그렇다고 이제까지 만들어온 희생적이고 헌신적인, 또는 약자를 보호하는 이미지를 망쳐가면서까지 그럴 필요가 있나 싶다.

"어차피 택근 씨는 이미지가 원체 좋아서 나쁜 남자 정도이지 바람둥이나 카사노바 소리는 못 들어요. 끽해야 매력이 좀 심하게 있구나 하고 말지."

그녀의 말에 그는 떨떠름한 얼굴로 대충 알았노라 대답하고는 촬영하러 간다며 사무실을 나왔다.

"저게 말이 돼요?"

사무실을 나서기가 무섭게 추영훈에게 물으니 그가 고개를 젓는 것도, 그렇다고 끄덕이는 것도 아닌 애매한 동작으로 꿈틀거렸다.

"뭐, 우영 씨 같은 사람이 그러면 개새끼 소리를 듣겠지만, 택근 씨야 뭐 아마존에서 여자들을 구해준 이미지도 있고 하니 그냥 마성의 장택근 소리나 더 듣고 말걸."

그의 말에 장택근은 웃지도 울지도 못하고 애매한 표정을 지어 보였다.

"어쨌든 가자. 진짜 늦겠다."

추영훈의 재촉에 그는 다시 걸음을 옮기다가 문득 생각났다는 얼굴로 물었다.

"근데 대표님 오늘 무슨 좋은 일 있어요? 뭔가 묘하게 기분이 좋아 보이던데요?"

평소에는 잘 하지도 않던 농담까지 하며 말하던 김인숙의 모습을 떠올리며 물으니 추영훈이 고개를 갸웃거렸다.

"글쎄. 나는 잘 모르겠던데. 뭐, 어디서 괜찮은 신인이라도 발견했나 보지."

대수롭지 않게 대답한 그가 다시 한 번 장택근을 재촉했다. 장택근은 뭔가 묘하게 기억에 남는 김인숙의 미소에 고개를 갸웃거리다가 이내 추영훈을 따라 걷기 시작했다.

7장

화염

"이걸 또 입을 생각을 하니 끔찍하다."

김우영의 말에 이우혁과 소준섭이 공감한다는 표정으로 고개를 끄덕였다. 그들 앞에는 지난 홍보 영상 촬영에서 지겹도록 입은 소방관 전용 방화복과 장비들이 한가득 놓여 있다.

"그래도 빨리 끝내야지, 점점 더워지는데 진짜 나중에는 쓰러지겠다."

장택근의 말에 다른 배우들이 질렸다는 얼굴을 해보인다.

"이 괴물 같은 놈, 너는 저거 입고도 잘만 버텼지?"

"잘 버티기는, 죽을 맛인데. 그냥 이 악물고 악으로 깡으로 버틴 거지."

이우혁의 말에 그가 고개를 절레절레 저었다. 그라고 저 끔찍스럽게 무겁고 덥고 공기도 안 통하는 방화복이 왜 달갑겠는가. 다만 노란색 방화복을 보고 있자니 생각나는 사람이 있어 싫은 내색을 하지 않았을 뿐이다.

괜스레 깊게 잠기는 그의 눈빛을 본 연기자들이 그의 눈치를 살피며 쭈뼛거렸다.

"다들 오셨나?"

언제 다가왔는지 정영태 감독이 불쑥 끼어들어 말을 걸자 연기자들이 고개를 숙이며 인사했다.

"그래, 그동안 오래 쉬었죠? 표정 보니까 다들 벌써부터 의상 갈아입고 싶어 안달 나는 것 같은데, 오래 뺄 거 없이 바로 시작합시다."

그의 말에 연기자들이 일제히 앓는 소리를 내뱉었다.

*　　　*　　　*

소소한 장면에서 점진적으로 더욱 격렬한 장면을 찍는다. 흔히 영화판의 촬영 일정을 잡을 때는 이러한 식으로 스케줄이 잡히게 마련이다.

영화 〈심장이 뛴다〉 역시 이와 크게 다르지 않아 장택근과 임수진이 주가 되어 촬영이 이어진 초반부의 스케줄은 사실상 본격적인 영화의 시작이라 할 수 없었다.

〈심장이 뛴다〉는 블록버스터를 표방하는 재난 영화이다. 남녀 주인공의 로맨스 또한 비중이 없지는 않지만, 역시 영화의 하이라이트는 화재 신이라고 할 수 있었다.

소방관 역할을 맡은 배우들이 촬영장을 꽉 채우기 시작하며 촬영장의 열기는 점점 더 뜨거워졌다. 그리고 그만큼 과격해진 촬영장의 분위기에 연기자들의 체력은 빠르게 소모되어 갔다.

온몸을 빈틈없이 감싼 방화복과 각종 장비, 게다가 언제 사고가 나도 이상하지 않을 화재 현장 신들의 연속. 몸과 마음에 피로도가 점점 더 커지고 있었다.

그리고 그만큼 안전사고를 염려한 정영태 감독과 스태프들의 신경 역시 날카로워지고 있었다.

"정신을 어디다 둔 거야! 똑바로 안 하지!"

정영태 감독의 고함에 현장을 오가던 스태프들이 몸을 움찔거렸다.

"지금 네 몸 조금 편하자고 그따위로 일하다가 사고 나면 니가 책임질 거야? 어? 대답해 봐!"

촬영 초기만 해도 죽이 맞아 떠들어대던 감독과 조감독 사이에서 이제는 수시로 고성이 터져 나왔다. 정영태 감독의 성난 음성에 조감독이 고개를 숙이고 연신 죄송하다고 말했다.

"죄송하면 촬영 끝나냐? 가서 똑바로 처리하고 와! 지금 여기 바쁜 사람들 너 하나 때문에 손가락만 빨고 있는 거 안 보여?"

말이 끝나기가 무섭게 조감독이 세트장을 향해 후다닥 뛰어갔다.

이제는 익숙해질 대로 익숙해진 험악한 촬영장의 분위기에 장택근을 비롯한 배우들은 고개를 절레절레 저었다.

"정 감독, 처음엔 안 그러더니 이제 보니까 완전 독재자네, 독재자."

잔뜩 목소리를 낮춘 김우영의 말에 이우혁이 뜨끔해서 주변을 살펴보았다.

영화판의 감독만큼 권한이 막강한 감독도 없다. 바쁜 일정 상 빠르게 촬영을 진행해야 하는 드라마나 다른 매체와는 달리 영화는 감독의 마음에 들지 않으면 무한정 같은 장면을 재촬영해야 한다.

감독의 오케이 사인이 떨어지지 않으면 아무리 잘나가는 배우라고 해도 별달리 방법이 있을 수가 없었다. 게다가 정영태 감독 정도로 인지도와 실적이 있는 감독이라면 배우들의 입장에서는 병영 체험을 하는 기분으로라도 감독 말에 따라야 했다.

"조용히 해, 인마. 지금 일은 엄연히 조감독 실수야. 저런 실수 하나 때문에 촬영하다 대형사고 날 수도 있어."

이우혁의 타박에 김우영이 입을 비죽였다.

"지금 우리가 찍는 게 시트콤이야? 재난 영화야. 까딱 잘못하면 재난 영화가 아니라 재난 그 자체가 될 수도 있다고."

지난 홍보 영상 촬영 시에 있던 사고를 실제로 눈앞에서 본 그인지라 말투가 전에 없이 단호했다. 어지간히 뻔뻔한 김우영도 이번만큼은 별다른 변명을 못하고 그저 듣고만 있었다.

"그리고 너, 상경 선배님께서 들으면 욕 바가지로 먹는다."

마침 화장실을 다녀온다며 자리를 잠시 비운 김상경을 언급하니 김우영의 얼굴이 핼쑥해졌다. 스태프들 사이에서는 정영태 감독이 호랑이라면 연기자들 사이에서는 김상경이 사자였다.

본격적인 촬영이 시작되자 자신의 촬영 분량과 상관없이 거의 촬영장에서 살다시피 하는 선배 연기자들 탓에 배우들은 매 촬영마다 최선을 다해야 했다. 그렇지 않으면 구석진 자리로 끌려가서 한참은 호통을 들어야 하는 탓이다.

자칫 잘못하면 감독의 권위를 침해하는 행동이 될 수도 있었지만, 경륜 있는 배우답게 김상경은 자신의 행동을 정확하게 '후배를 훈계하는 선배 연기자' 수준으로 정해놓고 선을 넘지 않았다.

정영태 감독의 입장에서야 그렇지 않아도 신경 쓸 것이 많은 터라 오히려 이런 김상경의 행동을 고마워하는 눈치였다.

"아오, 그 선배님은 왜 맨날 나만 가지고 그러는지……."

"니가 인마 자꾸만 대충 넘어가려고 하니까 욕먹는 거지."

이번에는 장택근까지 끼어들어 한마디 하자 김우영이 서운하다는 얼굴로 말했다.

"대충 하는 게 아니라 잘하려고 해도 안 되는데 어떻게 해요."

그래도 대본 리딩 때와는 비교도 할 수 없을 정도로 매끄러워진 연기라 제 딴에는 한창 들떠 있는데, 주변에 있는 배우들이 전부 연기력 좋기로 평이 자자한 이들뿐이니 그의 입장에서는 죽을 맛이리라.

그렇게 연기자들이 모여 이런저런 이야기를 나누고 있는데, 세트장에 들어갔던 조감독이 다시 나타났다.

"다 체크했습니다. 동선 맞춰서 재조정했고, 전부 다 제대로 설치된 것 확인했습니다."

정영태 감독과 손발을 맞춘 게 제법 된 표가 나는 것인지, 방금 전에 그렇게 욕을 먹고도 조감독의 얼굴은 태연했다. 정영태 감독 역시 아무 일 없었다는 듯이 수고했노라 말하고는 연기자들을 불러 모았다.

"어? 상경 씨는?"

"아, 잠깐 화장실 가셨습니다. 올 때 됐어요."

"그래? 그럼 상경 씨 오면 시작하자고."

정영태가 촬영 콘티와 세트장의 동선을 체크해 둔 도면을 테이블에 올려두고는 연기자들을 쭈욱 둘러봤다.

그간의 촬영에서 깨지긴 정말 많이 깨졌는지 그의 눈빛이 스쳐 갈 때마다 몇몇 연기자가 몸을 움찔거리며 시선을 피했다.

'암, 감독은 이래야지' 하고 작게 중얼거린 그가 김우영을 불렀다.

"네, 네?"

감독이 하필이면 자신을 지목하자 김우영이 울상이 되었다. 또 자신이 뭔가를 잘못했나 싶어 바짝 군기가 든 태도로 대답하니 의외로 정영태가 살가운 태도로 말했다.

"힘들죠? 여기 다 연기 경력 빵빵한 친구들 틈에서 연기하느라 고생이 많아요."

"아, 아닙니다."

영화감독이 무섭긴 무섭구나. 개념 없는 김우영이 지금 마치 갓 자대 배치받은 신병처럼 군기가 바짝 들어 있지 않은가. 장택근을 비롯한 배우들은 내심 감탄했다.

"아니긴요. 나나 상경 씨나 우영 씨가 미워서 그러는 게 아니에요. 이게 다 영화를 위해서이고 우영 씨 커리어를 위해서

예요."

딴에는 맞는 말이다. 정영태 감독이라면 주연이 아닌 이상에야 연기가 마음에 들지 않으면 촬영하는 도중에도 배역을 바꿔 버리고도 남았다. 실제로 그런 전적도 있는 그이니만큼 단순한 김우영은 그의 말에 깊이 납득한 모양이다.

"열심히 하겠습니다."

"그래요. 그런 자세면 돼요."

장택근은 방금 전까지만 해도 죽상을 하고 있던 김우영이 금세 의욕에 넘치는 것을 보며 고개를 절레절레 저었다. 단순함이 저 정도 경지에 이르면 그것도 하나의 능력이라 생각한 것이다.

"죄송합니다. 저 때문에 늦었지요?"

화장실을 다녀온 김상경이 감독 주변에 모인 배우들을 보고는 멀리서부터 뛰어왔다. 정영태 감독이 그런 그를 보며 괜찮다 말하고는 바로 촬영 콘티를 설명하기 시작했다.

"일단 지금 찍을 장면은 요기, 그리고 요기서만 찍을 겁니다. 여기 보면 알겠지만 불꽃 그려진 자리 보이시죠? 이게 발화장치가 깔린 지점이니까 주의하시고. 일단은 장치마다 옆에 체크를 해놨으니까 이따 조감독 따라서 한 바퀴 돌면서 현장 확인하세요."

재난영화라는 게 대사보다는 지문이 많게 마련이다. 시나

리오에 적힌 간략한 지문만으로는 명확하게 전달이 되지 않는 탓에 요 근래 들어서는 이렇게 감독과 배우들이 모여서 촬영 콘티와 동선을 체크하며 촬영을 준비하는 게 정기 행사가 되어 버렸다.

"괜히 대충대충 봤다가는 사고 날 수 있으니까 확실하게 머릿속에 기억하시고. 조감독, 여기 배우들 데리고 동선 정확하게 체크해!"

어느 정도 설명이 되었다 싶은지 정영태가 조감독을 불렀다.

그렇게 배우들이 동선을 파악하느라 세트장을 누비고 다니는데, 미리부터 카메라의 위치를 잡아두고 모니터링을 하던 정영태가 눈을 동그랗게 떴다.

"어이, 3번 카메라! 렌즈에 뭐 묻은 거 아니야? 체크해 봐!"

잔뜩 눈살을 찌푸린 채 화면 속에 일렁이는 검은 얼룩 같은 것을 바라보던 정영태 감독이 카메라 스태프에게 말했다.

"2번! 2번도 체크해 봐! 화면에 잡티가 끼잖아!"

카메라 감독이 잡고 있는 카메라를 뺀 나머지 카메라에 잡힌 화면에 하나같이 검은 얼룩이 보이는 터라 그의 얼굴에 다시금 짜증이 올라왔다.

"지금 디지털 촬영이라고 다들 정신 났어? 똑바로 체크 안 하다 나중에 가서 발견하면 그때 집에 간 배우들 다시 불러서 촬영할 거야?"

그의 호통에 카메라 스태프들이 일제히 고개를 숙이며 죄송하다 말하곤 제각각 카메라를 체크하기 시작했다.

"별 이상 없는데요? 일단 확인해 보고 조치하긴 했습니다."

3번 카메라의 말에 정영태가 있는 대로 얼굴을 찌푸렸다.

"뭐지? 그럼 얼룩이 아닌가?"

자신의 모니터에는 여전히 가득한 검은 얼룩을 바라보던 정영태 감독이 자리에서 벌떡 일어났다.

"왜? 화면 상태 안 좋아?"

그래도 이 중에서는 짬밥이 가장 오래됐다고 정영태 감독에게 편하게 말을 걸어오는 카메라 감독의 말에 정영태가 대꾸했다.

"아니, 자꾸 이상한 얼룩이 보여서. 카메라 문제가 아니면 저기 뭐가 있나?"

그렇게 말한 그가 설렁설렁 현장을 둘러보더니 고개를 갸웃거렸다.

"이상하다."

아무리 현장을 살펴보아도 아무것도 발견하지 못하자 그는 다시 한 번 카메라를 점검할 것을 지시하고는 모니터 앞에 앉았다. 아까까지만 해도 화면의 이곳저곳에 묻어 있던 검은 얼룩이 더 이상 보이지 않았다.

"아직도 그래요?"

"어? 아냐. 됐어. 모니터가 이상했나 봐."

카메라 감독의 말에 무안한 얼굴로 고개를 저은 정영태가 혼잣말을 했다.

"디지털이니 뭐니 해도 역시 영화는 손맛이야. 필름 값이 안 들면 뭐 해."

"그래도 디지털 촬영이라서 요즘 좀 편해졌잖아. 솔직히 정 감독도 신 났잖아. 예전이라면 필름 값 때문에라도 대충 넘어갔던 거, 요즘에는 다 잡아내더만."

언제 다가왔는지 슬쩍 다가온 카메라 감독이 모니터를 힐 끗 쳐다보며 그의 말에 대답했다.

"그렇긴 한데, 이게 아직 익숙하지 않아서 그런지 영 껄끄 럽네."

"한 편 뚝딱 찍고 나면 금방 익숙해지지. 우리 애들도 처음 에만 헤맸지, 요즘에는 더 편하다고들 하더만."

아무래도 모니터와 카메라의 연결 상태를 직접 체크하려 고 왔는지 카메라 감독은 별다른 이상이 보이지 않자 자신의 자리로 돌아갔다.

"어?"

카메라 감독이 자리로 돌아서기가 무섭게 다시 한 번 모니터에 얼룩이 생기자 정영태는 모니터를 손끝으로 더듬었다.

"에이, 뭐야? 침이잖아."

이야기를 하다가 튀었는지 화면에 묻은 침을 스윽 닦아낸 그는 바지춤에 손을 문질렀다.

"준비 다 됐습니다!"

"그럼 배우들 대본 마지막으로 체크하시고! 10분 뒤에 바로 촬영 들어갑니다!"

*　　　*　　　*

다른 이들은 모두 개인 점검을 하고 있는데 유독 장택근만 멍한 얼굴을 하고 있었다. 행여 집중에 방해가 될세라 조용히 그를 지켜만 보고 있던 추영훈이 고개를 갸웃거리며 말했다.

"택근 씨 요즘 좀 이상한 것 같지 않아요?"

곁에 있던 성민경이 그의 말에 고개를 끄덕였다.

"요즘 좀 멍하니 있는 시간이 많아지긴 했어요. 피곤해서 그런 거 아니에요?"

"그런가? 하긴 요즘 잠도 통 못 자는 것 같던데. 아무래도 촬영에 대한 부담감이 조금 심한 모양이에요."

지난 드라마 촬영할 때만 해도 이동하는 차량에서 곧잘 잠을 청하던 장택근인데 요즘 들어서는 도통 차에서 자는 모습을 보지 못했다. 한참 운전을 하다 보면 어두운 차 안에서 퀭한 얼굴로 멍하니 있는 그를 보고 깜짝 놀랄 때가 한두 번이 아니었다.

"음, 하긴 다른 배우들은 몰라도 택근 씨는 내내 촬영장에서 살았잖아요. 피곤할 만도 하지."

성민경이 대수롭지 않다는 듯 말했지만 추영훈은 뭔가 석연치 않은 기분이 들었다. 그는 장택근이 멍하니 바라보고 있던 대본을 흘겨보았다. 단 한 장도 넘기지 않은 대본은 심지어 오늘 촬영 분도 아니었다.

결국 보다 못한 그가 헛기침을 했다.

"아, 형, 왜요?"

뒤늦게 정신을 차린 장택근이 평소와 같은 말투로 물었다. 하지만 어딘지 모르게 퀭한 눈동자에 새하얀 얼굴을 보며 추영훈의 얼굴에 걱정스러운 기색이 한층 더 짙어졌다.

"괜찮아? 조금 피곤해 보이는데……."

"아! 요즘 꿈자리가 사나워서 통 잠을 못 잤어요."

추영훈의 질문에 장택근이 잔뜩 맥이 빠진 음성으로 대답하고는 스트레칭이라도 하듯 몸을 이리저리 꺾어댔다.

"음, 그래 가지고 오늘 촬영 제대로 할 수 있겠어?"

"뭐, 해야죠. 저 하나 때문에 촬영에 지장을 줄 수는 없잖아요."

그는 한참 대본에 집중하고 있는 다른 배우들을 바라보며 피식 웃었다.

"걱정해 주는 거예요?"

"당연하지. 내가 택근 씨 매니전데 내가 아니면 누가 택근 씨 걱정을 해."

추영훈이 정색을 하고 서운하다는 말투로 대꾸하자, 장택근이 농담이라며 웃음기를 쏙 뺀 얼굴로 말했다.

"괜찮아요. 조금 피곤했을 뿐이니까. 오늘 촬영 끝나고 좀 쉬면……."

애써 피로한 기색을 지우며 대답하던 그는 순간적으로 말을 멈추고는 몸을 떨었다. 가뜩이나 걱정스레 그를 바라보고 있던 추영훈이 그 모습을 보고는 다시 물었다.

"정말 괜찮아?"

장택근은 그의 말에 대답도 없이 눈이 빠져라 눈두덩을 비벼대더니 벌떡 몸을 일으켰다.

그리고는 새하얗게 질린 얼굴로 세트장 이곳저곳을 노려보는 그의 모습에 추영훈은 슬슬 불안해질 지경이다.

괜히 멀쩡한 배우 혹사시키다가 잘못되게 만드는 것은 아닌지 덜컥 겁이 났다.

결국 보다 못한 추영훈이 정영태 감독에게 다가갔다.

"오! 추 실장님, 무슨 일이신가?"

스태프들과 이야기를 하고 있던 감독이 추영훈을 보며 물었다. 한창 촬영 콘티를 보며 카메라 감독과 촬영에 대해 의견을 주고받던 상황인지라 반가운 기색보다는 조금은 귀찮다는 얼굴이다. 그 은근한 눈빛에 추영훈이 빠르게 용건을 이야기했다.

"그게… 택근 씨가 좀 몸이 안 좋은 것 같아서… 잠깐만 시간을 좀…….."

아무리 주연배우라고 해도 영화 촬영장에서는 감독이 왕이다. 무작정 컨디션이 좋지 않다고 촬영을 연기해 달라고 부탁할 입장도 아닌지라 그의 말투는 공손하기 그지없었다.

조심스럽게 감독의 눈치를 살피니 그가 놀란 눈으로 장택근과 추영훈을 번갈아 살펴보았다.

"왜요? 어디 많이 안 좋아요?"

"그건 아닌 것 같은데, 좀 쉬었다가 하는 게 좋지 않을까 해서…….."

정영태 감독이 멀리서 장택근을 쳐다보았다. 멀리서 보기에도 한눈에 몸이 좋지 않다는 것이 표가 날 정도로 창백한 얼굴의 장택근을 보니 꾀병으로 요령을 피우는 것 같지는 않았다.

"안색이 안 좋긴 하네. 지칠 만도 해. 스태프 이상으로 촬영장에서 뛰어댔으니. 그럼 30분만 쉬다 들어갈게요. 오늘

빌려온 장비가 많아서 더는 못 쉬어요."

추영훈은 그 정도만 해도 감지덕지하는 듯 연신 감사하다고 인사했다.

"뭘요. 원래는 쉬어야 하는데, 일정이 지랄 같아놔서……."

그렇게 대꾸한 정영태가 조감독에게 30분 뒤 촬영에 들어간다고 하고 그동안 휴식을 취하라 했다.

"뭐 하냐. 택근 씨 쉬는 동안 동선 체크 한 번 더 하고 발화 장치하고 다 체크해."

정영태 감독의 말에 조감독이 금세 손을 모아 휴식을 알렸다.

"30분 더 쉬었다 들어갑니다!'

자리로 돌아온 추영훈이 여전히 무언가를 찾듯이 시선을 이리저리 움직여 대는 장택근의 어깨를 잡았다. 그 별것 아닌 동작에 장택근이 소스라치게 놀라며 추영훈을 바라보는데 얼굴에 땀이 한 가득이다.

그저 방화복 탓이라고 하기에는 그가 흘린 땀이 여간 많은 게 아니라 추영훈은 걱정스레 말했다.

"일단 30분 더 쉬었다 가기로 했어. 그 옷 좀 잠깐 벗고 있을까?'

방화복을 벗고 쉬면 조금 나을까 해서 그리 물으니 장택근이 방화복의 목깃을 잡고는 고개를 저었다. 마치 누가 방화복을 벗길까 걱정하는 듯한 태도에 추영훈은 인상을 썼다.

"진짜 괜찮아? 미련하게 참지 말고 얘기를 해. 얘기를 해야 알지, 내가 무슨 궁예야? 아프면 아프다고 얘기를 하라고."

평소 농담처럼 엄살을 부린 적은 있어도 정말 힘들 때는 군소리 없이 일정을 따르던 장택근이니만큼 지금의 모습이 심상치 않아 보이지 않을 수가 없었다.

"아, 아뇨. 괜찮아요. 잠깐 어지러워서."

말로는 괜찮다지만 그의 얼굴은 흡사 귀신이라도 본 듯 하얗게 질려 있었다. 식은땀을 흘리다 못해 온몸에 닭살마저 돋아 있는 그의 모습에 추영훈은 그에게 냉수를 건넸다.

"차에 들어가서 시원한 에어컨 바람 좀 쐬면서 쉬자."

자리에 딱 붙어 앉은 장택근을 억지로 잡아 일으킨 추영훈은 그를 끌고 갔다. 추영훈에게 끌려가는 와중에도 장택근은 자꾸만 현장을 돌아보았다.

마침 난데없는 촬영 연기에 영문을 몰라 하던 사람들이 장택근이 사라지는 것을 보고는 저들끼리 수군거렸다.

이우혁과 김우영 역시 장택근의 뒷모습을 바라보다가 무슨 일인가 하여 검은색 밴이 주차되어 있는 공터로 향했다.

"지금 택근 씨가 더위라도 먹었는지 몸이 좀 안 좋아서 쉬는 중이니까 이야기는 나중에 하라고."

밴의 앞을 막아선 추영훈이 그들을 제지했다.

"어? 택근이 형 아파요?"

"그냥 잠깐 더위를 먹은 것 같기도 하고, 요즘 촬영도 좀 빡셌고 이래저래 피로도 겹친 모양인지……."

추영훈이 그렇게 얘기하고는 그들의 등을 떠밀었다.

"자, 지금은 좀 쉬게 해주자."

그렇게 돌아선 이우혁과 김우영이 걱정스러운 얼굴을 했다.

"별일이네. 택근이가 컨디션 조절을 못하고……."

"그러게요. 택근이 형도 사람은 사람인가 보네요. 전 무슨 인조인간인 줄 알았더니. 근데 솔직히 이 방화복, 덥긴 진짜 더워요. 땀도 안 통하고."

다시 자신의 자리로 돌아간 그들은 몇 번인가 검은색 밴을 힐끔거리다가 이내 대본을 읽는 데 열중했다.

30분이 지나고 장택근이 촬영장에 다시 모습을 드러냈다.

"괜찮아?"

"네, 잠깐 더위 먹었나 봐요."

스태프와 동료 연기자들의 걱정스러운 질문에 이제 괜찮아졌노라 말하는 그의 얼굴은 여전히 핼쑥했지만 아까와는 비교도 되지 않을 정도로 안정되어 보였다.

"죄송합니다. 죄송합니다. 죄송합니다."

자신 때문에 지연된 촬영에 장택근이 이리저리 사과를 해

대니 모두가 괜찮다며 손사래를 쳤다.

"그래, 촬영하다 보면 뭐 아플 수도 있는 거지. 컨디션 조절도 프로의 일이라지만 사람 몸이라는 게 어디 마음대로 되나."

카메라 감독의 말에 스태프들이 오히려 그를 격려했다. 정영태 감독은 그 모습을 보고는 조감독에게 말했다.

"다른 배우들 같았으면 욕을 한 바가지는 먹었을 텐데. 그치?"

"뭐, 택근 씨가 워낙에 잘하잖아요. 위치에 비해 약속 시간도 잘 지키고 싹싹하고 요령 피우는 법도 없고."

평소 성실하게 촬영에 임한 장택근의 노력이 보상을 받는지 일정이 지연됐음에도 그리 나쁘지 않은 분위기에 정영태가 흐뭇한 얼굴을 했다.

"물건은 물건이야."

"요즘 들어 좀 드문 스타일이긴 해요."

조감독과 죽이 맞아 떠들어대다 보니 스태프들과 연기자들이 벌써 자리를 잡고 감독을 바라보고 있다.

"뭘 그렇게들 쳐다봐? 나 잘생긴 거 이제 알았어?"

정영태 감독이 너스레를 떨고는 손을 들어 올렸다.

"그럼 촬영 들어갑시다! 컷 떨어지기 전에 카메라 끄는 놈은 내가 가만 안 둘 거야!"

그의 말에 조감독이 슬레이트를 들고는 카메라 앞에 섰다.

"43번 신! 준비하시고오오오오! 액션!"

＊　　　　＊　　　　＊

"진짜 괜찮은 거야?"

김상경이 드물게 걱정스러운 얼굴로 장택근에게 물었다. 아무래도 평소 힘든 내색도 없이 궂은 촬영을 마다않던 그가 휴식 시간까지 요청했다는 것이 여간 걱정이 되는 것이 아닌 모양이다.

"네, 죄송합니다. 저 때문에 좀 늦어졌죠?"

"사람 나고 영화 났지, 영화 나고 사람 났나. 몸이 제일이니 그런 소리 말자고."

그의 따뜻한 말에 김우영이 뭔가 할 말이 있는지 입을 삐죽거렸다. 그도 얼마 전 스트레스를 받은 나머지 복통이 온 적이 있는데 당시의 김상경은 얄짤없었다. 자신을 대할 때와는 너무도 다른 태도에 서운하기라도 한 모양이다.

"평소에 잘해, 평소에."

이우혁이 그런 그의 내심을 눈치챘는지 가볍게 뒤통수를 쳤다.

"그럼 택근 씨 몸도 안 좋으니까 사고 나지 않게 조심하고.

혹시 여기서 동선 까먹은 사람 있나?'

김상경의 말에 사람들이 일제히 김우영을 쳐다보았다. 사람들의 시선이 자신에게 쏠리자 그가 불만스러운 표정을 지었다.

"저도 다 외웠어요."

하지만 그다지 신뢰가 가지 않는 그의 말인지라 김상경이 그를 콕 집어 이야기했다.

"그래, 우영이는 하다가 좀 애매하다 싶으면 준섭이 따라가면 되고. 그리고 다들 정 감독 스타일 알겠지만, 가다가 자빠지든 코가 깨지든 컷 사인 떨어지기 전에는 멈추지 마."

이미 정영태 감독이 즉흥적인 상황 연출을 즐긴다는 사실을 깨닫고 있는 배우들은 입을 모아 대답했다.

그렇게 배우들이 서로 동선을 정리하고 촬영을 준비하는 사이, 장택근은 촬영장 한구석을 노려보고 있었다.

마치 필생의 대적이라도 바라보듯 매섭게 빛나는 눈매로 현장을 노려보던 그가 입술을 깨물었다.

"그럼 다들 NG 없이 한 번에 가자고! 파이팅!"

김상경의 파이팅 소리에 다들 눈을 빛내고는 대열을 맞춰섰다.

"그럼 촬영 들어갑시다! 컷 떨어지기 전에 카메라 끄는 놈은 내가 가만 안 둘 거야!"

정영태 감독의 으름장에 스태프들이 자세를 바로잡는데, 배우들 중 누군가가 침을 꿀꺽 삼켰다. 언제 켜두었는지 세트장의 이곳저곳에 작은 불길이 치솟고 연기가 자욱하게 피어오르기 시작했다.

고작 발목에도 오지 못하는 작은 불길이지만, 그 작은 불꽃만으로도 온 사방이 붉게 변해 있었다. 붉은빛에 일렁이는 세트장에 검은 연기가 모락모락 퍼져 나가는 것을 보며 연기자들은 시선을 교환했다.

"43번 신! 준비하시고오오오오!"

감독의 사인에 배우들이 발목에 힘을 주고는 튀어나갈 준비를 했다.

"액션!"

*　　　*　　　*

장택근은 마른침을 삼켰다. 아직 마스크는 쓰지도 않았건만 벌써부터 목이 까끌까끌하고 숨이 가빠왔다.

"돌입!"

박길호 역을 맡은 김상경의 비장한 대사에 배우들이 일제히 불길을 향해 달려들었다. 선두에 서 있던 장택근은 그 말에 억지로 떨어지지 않는 발걸음을 떼야 했다.

"시야가 좋지 않으니 다들 조심해."

이미 수백 번이나 읽어온 터라 대사가 반사적으로 튀어나왔다. 제 스스로도 깜짝 놀랄 만큼 바짝 마른 음성이 잔뜩 억눌려 있다.

온 사방이 새빨간 화광에 물들어 있다. 스멀스멀 피어오르는 검은 연기를 보자 진즉부터 땀투성이이던 등판을 타고 차가운 기운 한줄기가 흘러내렸다.

"긴장하지 말고……."

미리 정해진 동선을 따라 그의 곁을 스쳐 간 김상경이 그의 어깨를 툭 치며 작게 말했다. 그 대본에도 없는 대사가 김형준에게 하는 말인지 자신에게 하는 말인지 애매했지만 그는 애써 어깨에 힘을 주었다.

긴장하지 말라니…….

지금 느껴지지 않는 건가? 이 끈적끈적하고 기분 나쁜 공기가?

온 사방에 지펴진 불 때문에 뜨겁고 건조해야 할 공기가 축축하고 불길하기만 했다. 그게 온몸을 감싼 방화복 탓에 흘러내린 땀 때문이 아니라는 것은 그 자신이 다른 누구보다 잘 알고 있었다.

요 근래에는 조금은 희미해진 기억이다. 하지만 맞닥뜨리는 것만으로도 무섭도록 선명하게 기억이 되살아났다.

삶과 죽음, 그 아슬아슬한 경계에서 위태로운 줄타기를 하는 듯한 끔찍한 기분. 지난 악몽 속에서 지긋지긋할 정도로 겪어온 터라 몸이 먼저 반응했다.

근육이 바짝 조여오고 숨이 가빠왔다.

천천히 마음을 다스렸다. 지금은 그저 헤매고 또 헤매어야 했을 뿐인 악몽 속의 그처럼 무방비 상태가 않았다. 또한 진녹색의 미로 속에서 웅크리고 바들바들 온몸을 떨어대던 그때의 그처럼 무력하지도 않았다.

그는 겁에 질린 것이 아니었다. 그는 완벽한 임전 태세였다.

가뜩이나 무릎까지밖에 오지 않던 불길이 그가 다가가자 납작 엎드렸다. 닿으면 집어삼킬 듯 피어오르던 검은 연기마저도 그를 피해 사방으로 흩어졌다.

날카로운 눈빛으로 주변을 살펴보았다.

어디냐? 어디 숨어 있는 거냐?

아무것도 모르는 것처럼 천연덕스럽게 타오르는 화염을 노려보며 그는 이를 악물었다. 지금은 이토록이나 얌전하게 타오르는 불길이지만 놈이 본색을 드러내는 순간 화마는 모든 것을 집어삼킬 듯 타오를 것이다.

화염에 휩싸인 김상경, 걷잡을 수 없이 커져 버린 화염 속에서 비명만 질러대다가 그대로 녹아버린 김우영과 이우혁,

그리고 아무것도 모른 채 그대로 화마가 삼켜 버린 소준섭.

두 눈에 생생하게 떠올랐다. 불길에 휩싸인 자신들을 바라보며 비명을 지르고 난리를 떨어대는 스태프들과 망연자실해 현장을 바라보는 정영태 감독의 모습까지, 그 모든 것이 마치 눈앞에서 벌어지는 일처럼 선명하게 보였다.

피해볼까. 돌아가 볼까.

생각하지 않은 것은 아니다. 하지만 뭐라고 말하고 촬영을 미룬다는 말인가. 꿈자리가 좋지 않아서? 아니면 내가 미래를 보았노라고?

턱도 없는 소리다. 분명 미친 사람 취급이나 받고 말 것이다. 그도 아니면 촬영스트레스에 시달린 배우의 히스테리 정도로 치부되리라.

그럴 바에야 정면으로 맞부딪치는 것이 나았다. 마침 자신의 손에는 든든한 무기가 쥐어져 있지 않은가.

끼릭.

저 멀리서부터 이어진 소방용 호스의 손잡이를 철컥거리며 돌려댔다. 양손에 꽉 거머쥔 두꺼운 호스의 무게에 그는 마음이 든든해졌다.

미리 봐둔 동선을 따라 움직이며 그는 눈으로 다른 배우들과 카메라의 위치를 파악했다. 지금 불길과 가장 가까운 것은 배우들이 아니었다. 아슬아슬하게 바닥에 깔린 불길의 경계를 걸으며 자신들을 화면에 담기 위해 안간힘을 쓰는 카메라 감독이 가장 불길의 지척에 있었다.

빠르게 눈을 굴렸다.

만약 놈이 나타난다면 카메라가 첫 번째, 두 번째는 조금 멀리 떨어져서 불길을 헤치는 시늉을 하고 있는 김우영이다.

꼭 자신의 예상대로 되리라는 법은 없지만, 그는 느낄 수 있었다. 이곳 어딘가에서 천천히 그 음습한 의지를 키워가는 놈의 존재감.

저도 모르게 입꼬리가 치켜 올라갔다.

거기 있었구나.

조금씩 뭉치기 시작한 검고 붉은 무언가를 슬쩍 곁눈질하며 그는 호스를 감아쥔 손을 천천히 풀었다 놓았다 반복했다.

"구조 대상자는 보이지 않습니다!"

이우혁, 아니, 박상태가 외치자 날카로운 눈길로 사방을 훑어보던 박길호가 말했다.

"불길부터 잡고 바로 들어간다. 방수 준비……."

박길호가 막 손가락을 뻗으며 어딘가를 가리키려는데, 곁에 있던 누군가가 비명을 질렀다.

"으악!"

갑작스레 불길이 확 치솟았다. 순간적인 상황에 김상경이 대사마저 잊고 다급하게 불길에 직격당한 김우영에게 달려갔다. 특수 처리가 된 방화복의 한 자락을 움켜쥔 불길이 끈질기게 달라붙어 떨어지지 않는다.

다른 연기자들이 갑작스러운 상황 변화에 미처 반응도 하지 못하고 있는 그 순간, 김상경의 대사에 맞춰 펌프가 열린 호스가 납작하던 몸을 순식간에 부풀린다.

"방수!"

장택근이 우렁차게 소리치며 외쳤다. 마치 숙련된 소방관처럼 소방호스의 노즐을 방사형으로 조절한 그가 호스를 열자, 순간적으로 콰아아아 하는 소리와 함께 물보라가 쏟아져 나왔다.

"악!"

깜짝 놀란 김우영이 비명을 내질렀다. 그의 몸을 야금야금 잠식하던 불길이 순식간에 차갑게 식어버렸다. 하지만 그 순간에도 그의 발치에 매달린 화마가 끈덕지게 몸을 부풀렸다 사그라들었다 반복하고 있다.

노즐의 분사 형태를 직사 형태로 반쯤 바꾼 장택근이 그의 발목을 겨냥했다. 방사형으로 물이 쏟아지던 방금 전과는 비교도 되지 않을 정도로 거센 물줄기가 김우영의 발목을 때렸다.

"으악!"

불길에 놀라 정신이 없는 와중에도 발목에 충격이 적지 않았는지 김우영이 또다시 비명을 질렀다.

"일어나!"

김상경이 김우영을 일으켰다. 장택근이 쏘아낸 물줄기 탓에 몸에 옮겨 붙은 불길은 꺼졌지만 바닥에 드러누운 그의 바로 곁까지 다가온 불길이 위협적이다.

정신이 없는지 방화 헬멧이 반쯤 돌아간 김우영의 헬멧을 바로 잡아준 김상경이 그의 헬멧을 세게 두들겼다.

"괜찮아?"

"네? 네."

반쯤 넋이 나간 김우영이 자신의 몸을 더듬으며 대답했다. 그리고 그 순간 이우혁이 손가락으로 어딘가를 가리키며 입을 쩍 벌렸다.

*　　　*　　　*

카메라 감독은 갑작스레 김우영이 불길에 직격당할 때까지만 해도 오늘 촬영은 망했구나, 아니, 어쩌면 우리 영화 엎어질 수도 있겠다 싶었다.

그런데 그 순간 장택근이 '방수'라고 짧게 외치며 호스를 들이대는 게 아닌가.

김상경의 대사에 맞춰 펌프에 연결된 호스가 넓적하게 웅크리고 있다가는 금세 살이 통통하게 올라 물줄기를 뱉어냈다.

마치 기다렸다는 듯한 그의 대처에 카메라 감독은 혹시 자신이 대본을 제대로 읽지 않은 건 아닌지, 콘티를 설명하는데 졸았던 건 아닌지 하는 생각이 들 정도였다.

너무도 빠르고 자연스러운 대처에 김우영을 휘감고 있던 불길이 순식간에 사그라들었다. 발목에 붙은 불길이 유독 꺼지지 않아 사람들이 당황했지만, 장택근은 침착하게 노즐을 조절해 방사형 물줄기를 직사로 바꾸었다.

넓게 물줄기가 퍼져 나갈 때와는 비교도 되지 않는 수압이 일순간에 김우영의 발목을 때렸다.

이쯤 되자 그는 슬슬 자신이 콘티를 제대로 확인하지 못한 거라 확신했다. 그렇지 않고서야 소방관도 아닌 배우가 저리 능숙하게 대처한다는 말인가.

게다가 김우영을 일으킨 김상경이 그의 헬멧을 고쳐주며 머리를 툭툭 두들기며 괜찮으냐고 묻는 모습이 그림 같았다. 지금만큼은 어리바리한 김우영의 모습이 상황과 그토록 잘 어울릴 수가 없었다.

그런데 무언가가 이상했다. 이우혁이 자신을 바라보며 입을 쩍 벌렸다. 아니, 정확하게 말하자면 이우혁의 시선은 자신을 향해 있지 않았다.

뒤편, 혹은 한참 위를 바라보는 그의 얼굴에 귀신이라도 본 것처럼 하얗게 질려 있었다.

"저……."

입을 쩍 벌린 채 말도 잇지 못하는 그의 모습에 카메라 감독은 마른침을 삼켰다. 뭔가 불길한 예감이 스멀스멀 밀려왔다.

게다가 등 뒤로 느껴지는 열기가 방금 전과는 확연하게 달랐다. 마치 당장에라도 등 쪽부터 바짝 구워질 것 같은 열기에 그는 식은땀을 흘렸다.

돌아볼 수가 없었다. 촬영도 촬영이지만 당장 고개를 돌렸다가는 봐서는 안 될 것을 볼 것만 같았다.

하지만 그렇다고 돌아보지 않을 수도 없었다. 등짝을 구워 낼 것만 같은 열기에 돌아보지 않고는 참을 수가 없었다.

바짝 마른 입안이 까끌까끌했다. 고여 있지도 않은 침을 꿀 꺽 삼킨 그는 천천히 뒤를 돌아보았다. 그리고 반쯤 고개가 돌아갔을 때, 그는 알 수 있었다. 이우혁이 바라보고 있던 것이 무엇인지.

"아……."

거대하게 솟구친 불길이 그의 등 뒤에서 혀를 날름거리고 있었다. 불티가 날아들어 이마에 닿았다. 뜨겁다. 고작 불티가 닿았을 뿐인데도 이렇게 뜨거운데 저 불길에 집어삼켜지면 얼마나 뜨거울까.

너무도 강렬하고 노골적인 살의 앞에서 카메라 감독은 저항할 의지조차 잃고 말았다. 그런 그의 상태를 눈치채기라도 했는지 시뻘건 화염이 마치 살아 있는 것처럼 온몸을 꿈틀거렸다.

웃고 있다.

왠지 모르게 카메라 감독은 저 화염, 아니, 화마가 자신을 보고 웃고 있는 것만 같았다. 그리고 그는 그 순간 화염이 그를 덮칠 듯이 쏟아져 내렸다.

8장

사고

"꺄아악!"

스태프들이 비명을 질렀다. 처음 김우영이 불길에 직격당했을 때까지만 해도 장택근의 빠른 대처에 안심할 수 있었다. 김상경의 도움을 받아 몸을 일으킨 그도 멀쩡해 보였다.

순간 촬영을 그만 멈추어야 하나 고민했지만 배우들의 눈빛이 아직 죽지 않았다. 아직은 더 할 수 있다는 의지가 전해져 정영태 감독은 그만 촬영을 중단할 타이밍을 놓치고 말았다.

그런데 방금 전과는 차원이 다른 사고가 터져 버렸다. 사람

키를 훌쩍 넘긴 불길이 갑작스레 솟구치더니 카메라 감독을 덮친 것이다.

연기일 뿐이지만 배우들이 입은 방화복과 장비는 진짜였다. 실제 소방관들이 현장에서 화마와 사투를 벌일 때 갖추는 장비들이다. 당연하게도 그들은 실제 소방관만큼이나 불길에 내성이 있을 수밖에 없었다.

하지만 카메라 감독은?

그는 맨몸이었다. 배우들처럼 온몸을 감싼 방화복과 방화헬멧은커녕 무더워진 날씨 탓에 맨살을 잔뜩 드러낸 상태였다.

그런 그가 쏟아지는 화염에 그대로 집어삼켜졌다.

"명구야아아아아!"

정영태 감독이 절규했다. 불길에 휩싸인 자신의 십년지기 동료를 보며 그는 자리에서 벌떡 일어나 울부짖었다.

"꺄아아아아!"

스태프 중 심약한 몇몇은 벌써부터 다리에 힘이 풀린 듯 바닥에 주저앉아 불길을 바라보고 있었다.

모두가 절망하고 있는 그 순간, 불길이 요동을 쳤다.

키에에에에!

마치 비명이라도 지르듯 기괴한 소리와 함께 몸을 비튼 화마가 주춤 물러섰다.

"장택근!"

누군가가 소리쳤다. 불길 앞에는 이를 악물고 호스를 부여 잡은 장택근이 있었다. 그의 손에 꽉 쥐어진 호스가 쏴아아아 물줄기를 쏟아냈다. 물줄기가 닿을 때마다 화마가 온몸을 꿈틀대며 이리저리 비틀댔다.

*　　　*　　　*

김우영이 몸을 일으키는 순간, 장택근은 그대로 카메라 감독을 향해 노즐을 조준했다. 순서는 바뀌었지만 크게 달라진 것은 없었다.

이제 모습을 드러낼 놈이 카메라 감독을 집어삼키고 김상경과 다른 배우들까지 덮쳐올 것이다.

콰아아아아!

그리고 그가 노즐을 정확하게 고정한 그 순간 불길이 카메라 감독을 뒤덮었다. 비명조차 지르지 못하고 불길에 휩쓸린 카메라 감독을 보며 장택근은 그대로 노즐을 개방했다.

이 모든 일은 정말 순식간에 일어난 일이었다. 눈 한 번 깜짝하는 사이에 불길이 치솟고, 카메라 감독이 휘말리고, 다시 장택근이 물줄기를 쏟아냈다.

탐욕스럽게 빨간 혀를 날름거리며 카메라 감독을 집어삼

킨 화마가 요동을 쳤다.

키에에에에!

비명과도 같은 그 굉음에 장택근은 이를 악물고 한 걸음 나섰다. 꽉 그러쥔 호스가 어쩐지 더욱 무겁게 느껴졌지만 그는 양손에 있는 대로 힘을 주었다. 노즐을 으스러져라 부여잡은 그가 다시 한 발 앞으로 나섰다.

이번에는 화마가 쉽사리 물러나지 않았다. 호스의 압력이 더욱 거세게 반발했다. 하지만 그는 아랑곳하지 않고 한 걸음 더 앞으로 나섰다.

키에엑!

화마가 온몸을 비틀며 난리를 떨어댔다. 마치 그를 위협이라도 하듯 사방으로 뻗어대는 불줄기에도 그는 망설이지 않았다.

다시 또 한 걸음 내디뎠다. 그리고 또 한 걸음.

이제는 지독스러운 열기에 숨조차 들이마시기 힘들 정도로 화마와 가까워졌다. 이제 몇 걸음만 더 내디디면 정말로 화염에 휩쓸리고 말 것이다.

하지만 그는 다시 한 걸음을 내딛었다.

꽉 움켜쥔 노즐이 당장에라도 튀어오를 것처럼 손아귀 안에서 요동쳤다. 자세를 한층 더 낮추고 노즐을 이리저리 꺾어대며 그는 화마와 맞서 싸웠다.

하지만 제대로 된 훈련도 받지 않은 그가 화마를 진압하기란 쉽지 않았다. 근력만큼은 어느 누구보다 뛰어나다고 자신하는 그였지만, 양손으로 꽉 거머쥔 호스를 다루는 것조차 쉽지 않았다.

게다가 불길에 너무 가까이 다가선 탓인지 숨을 들이마실 때마다 폐가 타들어갈 것처럼 괴로웠다. 저도 모르게 잇새로 억눌린 신음성이 새어 나왔다.

장택근은 고개를 들어 올렸다. 거센 물줄기에도 사그라들지 않는 거대한 화염이 마치 괴물처럼 자신을 내려다보고 있다. 자신을 집어삼킬 듯 뜨거운 숨결을 내뱉으며 조금씩 다가오는 불길에 그는 이를 악물었다.

조금씩 거세게 느껴지는 소방호스의 반발에 온 손이 저릿저릿할 지경이다. 하지만 놓칠 수는 없었다. 당장 이 노즐을 놓치고 나면 눈앞에 버티고 선 화염이 자신뿐 아니라 다른 이들마저 집어삼키고 말 것이다.

뻑적지근하던 손의 감각이 이제는 무뎌지려 한다. 그리고 감각이 완전히 사라지는 그 순간 화마를 저지하는 마지막 수단이 사라지리라.

"으아아아아아!"

마치 비명과도 같은 고함을 지르며 그는 한층 더 자세를 낮췄다. 자세를 낮춘 그의 머리 바로 위에까지 흘러내린 화염이 언제고 쏟아져 내릴 것만 같았다.

소리를 내지르며 잠시 힘을 모았지만 조금씩 손의 감각이 사라져 간다.

그래도 다른 사람들이 빠져나갈 시간은 벌었으려나.

정상적인 범주를 아득히 초월한 자신이라면 화마에 휩쓸리더라도 죽는 것만큼은 피할 수 있을 것이다. 부상을 입겠지만 이 정도면 남는 장사였다.

문득 시간이 느려진다. 눈앞에서 타오르던 화염과 사방으로 비산하는 물줄기가 하나하나 눈에 확연이 들어온다.

아름답다. 아니, 무섭다. 아니, 모르겠다.

눈앞에서 피어오르는 불꽃과 온 사방에 가득한 불티가 마치 불의 비라도 내린 듯 황홀해 보인다. 그 불티 하나하나를 눈에 담으며 그는 생각했다.

지난번의 사고와는 또 다르구나.

미리 예지해도 바뀌지 않는 것이 있다. 그날의 사고는 자신 혼자 휘말리는 것으로 끝이 났고, 그마저도 부상 하나 입지 않았다. 하지만 오늘은 어쩐지 뭐가 나타나도 싸워 이겨낼 수 있을 것 같던 기분과는 다르게 화마는 여전히 거세기만 했다.

이대로라면 머리카락이 홀랑 타는 정도로는 끝나지 않겠지.

시선을 내렸다. 노즐을 움켜잡은 손의 떨림이 두터운 방화

장갑으로도 가려지지 않았다. 이제 슬슬 한계다. 강화된 육체, 그리고 의지로도 안 되는 건 안 되는 것이었다.

그는 초인이 아니기에 혼자서 모든 위기를 이겨낼 수 없었다.

상황에 맞지 않게 그는 웃음이 나왔다.

이 지긋지긋한 새끼, 내가 뭐가 좋아서 여기까지 따라다니는 거냐. 스토커 같은 새끼.

희미해진 손아귀의 감각 속에서 노즐이 조금씩 날뛰기 시작했다. 처음에는 작은 떨림 같던 것이 나중에 가서는 눈으로 확연히 보일 정도로 이리저리 휘청거렸다.

그 순간을 기다렸다는 듯 화마가 몸을 일으켰다. 이제 이 노즐을 놓치는 순간, 화마는 망설임 없이 그를 덮칠 것이다. 눈앞까지 다가온 새빨간 불꽃을 보며 그는 그렇게 생각했다.

그런데 그 순간, 양손을 지독스럽게 혹사시키던 노즐의 압력이 옅어졌다. 그리고 느려졌던 시간이 갑자기 빠르게 흘러가며 기이한 부유감이 사라졌다.

"택근 씨!"

"꺄아아아아!"

조용하던 세상이 다시 소란스러워졌다. 사람들의 비명 소리가 귀를 찢을 듯이 들려오고 바로 등 뒤에서 고함 소리가 들려왔다.

"힘내!"

언제 다가온 것일까. 이우혁과 김상경이 뱀처럼 사방으로 요동쳐 대는 호스를 붙잡고 그를 받치고 있다.

"으라라라라라라라!"

기괴한 기합 소리의 주인은 김우영이었다. 장택근이 부여잡은 노즐의 한편을 꽉 움켜쥔 그가 오만상을 찡그렸다.

"괜찮아?"

아직까지 상황 판단이 제대로 되지 않아 대답도 못하고 있는 그에게 이우혁이 악다문 음성으로 이야기했다.

"씨바! 뭐가 이렇게 힘드냐! 카메라 감독님은 무사해!"

그 말에 고개를 돌리니 언제 물러났는지 멀찌감치 뒤로 물러나 있는 카메라 감독이 보인다. 스태프들이 몰려들어서 부산을 떠는데 멀리서 보기에도 크게 다친 곳은 없어 보였다.

"으아아아아!"

그 순간 소준섭이 기합을 내질렀다. 사고를 대비해 촬영장 이곳저곳에 깔아두었던 대형 소화기 중 하나를 잡고 그가 힘차게 소화액을 뿌려댔다.

투명한 물줄기와 소화액이 뒤섞이며 불길을 밀어냈다. 방금 전까지만 해도 새빨간 혀를 날름거리며 쉭쉭거리던 화염이 기괴한 소리를 비명처럼 내지르며 주춤거렸다.

"금방 꺼지겠다!"

아직도 위협적이긴 마찬가지지만 그래도 방금 전과는 비교할 수도 없을 정도로 수그러든 불길을 보며 누군가가 소리쳤다.

"조금만 더!"

마치 그의 등 뒤를 지탱해 주듯 몸을 바짝 붙인 이우혁이 소리쳤다.

"다 됐어!"

장택근은 그 모든 모습을 보며 갑작스레 치밀어 오르는 무언가를 느꼈다. 그대로 두었다가는 심장이 터질 것만 같은 고양감에 그는 입을 쩍 벌리고 가슴속에서부터 끓어오른 무언가를 토해냈다.

"으아아아아아아아!"

투박하지만 힘있는 고함 소리와 함께 감각이 사라졌던 손아귀에 힘이 솟구쳤다. 느슨해졌던 노즐의 그립을 꽉 움켜쥔 그가 계속해서 소리를 지르며 한 걸음 한 걸음 내디뎠다.

그때마다 불길이 이리저리 몸을 비틀어대며 비명을 질렀다. 하지만 장택근이 기운을 다시 찾고 호스를 놓고 또 다른 소화기를 찾아 들고 나선 김상경까지 진화에 나서자 그렇게도 기승을 부리던 화마가 조금씩 수그러들었다.

천장까지 치솟았던 불길이 조금씩 줄어들더니 나중에 가서는 새하얀 물보라에 완전히 뒤덮여 사라지고 말았다.

"택근 씨! 괜찮아?"

비명과도 같은 고함 소리를 들으며 장택근은 다리에 힘이 풀려 그대로 주저앉고 말았다. 철퍼덕 바닥에 앉아서 천장을 올려다보니 방금 전까지 타올랐던 불길에 그슬린 자국이 새까맣게 남아 있다.

새삼 자신이 무슨 정신으로 이렇게까지 저돌적으로 화염을 향해 달려들었는지 그는 뒤늦게 온몸에 힘이 빠졌다.

"택근 씨! 택근 씨!"

"아, 형, 저 괜찮으니까 좀 작게 말해요. 머리가 다 울리네."

자신을 붙들고 고함치는 추영훈을 향해 작게 말한 그는 주변을 둘러보았다. 방금 전까지만 해도 비장한 얼굴로 화마에 맞서던 연기자들이 지금은 완전히 혼이 나간 얼굴로 스태프, 또는 매니저들에게 시달리고 있다.

"다친 데는 없어?"

당장에라도 눈물을 쏟아낼 듯 그렁그렁한 눈으로 물어오는 추영훈의 모습에 장택근은 피식 웃었다.

"괜찮은 것 같은데요? 아!"

"왜? 왜? 어디 아파?"

추영훈이 하얗게 질려 묻는데, 장택근이 방화 장갑을 벗고는 자신의 눈썹을 쓰다듬었다.

"눈썹 다 탔네요."

"아니, 지금 그게 문……."

호들갑을 떨며 장택근을 나무라던 추영훈은 순간적으로 입을 닫았다. 눈썹을 어루만지는 장택근의 손길이 덜덜 떨리고 있는 것을 본 탓이다. 손끝에서 시작된 떨림이 조금씩 온몸으로 퍼져 나갔다.

"어? 왜 이러지?"

뒤늦게 자신의 상태를 깨달은 장택근이 당혹스러운 얼굴로 말했다. 그렇게나 마음의 준비를 하고 나섰던 것인데 이제와서 이런 모습이라니, 이래서야 마치 겁에 질린 것 같지 않은가.

"이게 떨림이 멈추질 않네요."

볼썽사나울 게 분명한 자신의 모습을 떠올리며 인상을 찌푸린 그는 온몸에 힘을 주어 떨림을 참아내려 했지만 떨림은 쉬이 가라앉지 않았다.

"그러게 왜 나서가지고……."

말이야 그렇게 했지만 그가 아니었으면 저 뒤에서 정영태 감독의 격렬한 포옹을 받고 있는 카메라 감독은 지금쯤 처참한 꼴이 되었을 것이다. 아니, 그뿐만이 아니라 다른 배우들역시 불길에 휩싸였을지도 몰랐다.

"아, 이게… 저도 긴장이 이제 풀렸나 봐요."

덜덜 떨리는 몸으로 어색한 미소를 지어 보인 장택근은 몸을 일으키려다가 휘청거렸다.

"조금 더 앉아 있어. 구급차 불렀으니까 금방 올 거야."

"다친 곳도 없는데요."

추영훈은 힘이 완전히 풀려 버린 모양인지 비틀거리며 간신히 균형을 잡은 그의 어깨를 부축해 주었다.

"휴우……."

한숨을 쉬며 호흡을 가다듬으니 마음이 조금은 진정이 되었다. 떨림이야 여전하다지만 그래도 아까처럼 온몸이 사시나무 떨리듯 떨리지는 않았다.

짝!

그 순간 스태프 중 하나가 손뼉을 쳤다. 처음에는 한 명뿐이던 박수 소리가 금세 두 명, 세 명으로 늘어나더니 나중에 가서는 온 스태프가 손뼉이 부서져라 박수를 쳐댔다.

마침 일어나서 주변을 둘러보던 장택근은 자신을 바라보며 열렬히 박수를 치는 스태프들의 모습에 얼떨떨한 표정을 지어 보였다.

"택근 씨가 또 사람을 구했잖아."

추영훈의 말에 장택근이 주변을 둘러보니 스태프, 배우 할 것 없이 그의 이름을 부르며 환호했다.

"장택근! 장택근!"

여전히 얼떨떨한 얼굴로 멍하니 선 그에게 추영훈이 말했다.

"택근 씨가 오늘은 영웅이라고."

*   *   *

사고에 휘말렸던 카메라 감독과 배우들이 전부 병원으로 이송되었다. 별다른 부상은 없어 보였지만 만약을 위한 조치였다. 이 일이 새어 나가면 한동안 언론에 시달릴지도 모르지만 이런 영화를 찍다 보면 으레 사고는 따라다니게 마련이다.

정영태 감독은 카메라 감독의 무사함에 안도하며 현장을 정리하다가 어이없다는 듯이 말했다.

"뭐? 카메라가 계속 돌고 있었어?"

그 급박한 사고의 와중에도 촬영을 계속했다니 그는 황당할 지경이다.

"그게… 감독님이 컷 사인 떨어지기 전까지는 절대 카메라 끄지 말라고 하셔서……."

그러고 보니 촬영에 들어가기 전에 그렇게 말한 기억이 났다.

"죄송합니다."

그가 아무런 대답도 없이 자신을 바라보자 고개를 푹 숙인 카메라 감독이 죄송하다고 말했다. 아무래도 대형사고로 이어질 수 있는 그 아찔한 순간에도 촬영을 이어간 자신이 제정신이 아니었던 모양이라고 자책했다.

"너 인마……."

정영태 감독의 말에 그가 더욱 고개를 숙였다. 다시 한 번 죄송하다 말을 하려는데 갑작스레 정영태가 그를 끌어안았다.

"잘했어! 잘했어!"

고개를 드니 세상을 다 얻은 듯 활짝 미소를 지은 정영태가 자신을 바라보고 있다.

"네?"

"잘했다고! 그냥 액땜했다고 생각하고 넘어가려 했더니 네가 오늘의 영웅이다! 아, 예쁜 자식!"

이제는 그 수염이 성성한 얼굴로 뽀뽀까지 하려는지 입술을 들이대는 그의 모습에 카메라 스태프가 질색하며 몸을 피했다.

스태프가 몸을 빼자 정영태는 덩실덩실 춤이라도 추려는지 어깨를 들썩였다.

"2번 카메라!"

"네!"

입을 쭉 찢고 헤벌쭉 웃어대던 그가 또 다른 카메라 스태프를 찾았다.

"2번 카메라도 계속 돌아갔어?"

"감독님이 컷 사인 전에는 끄지 말라면서요!"

멀찍이 서서 장비를 정리하던 스태프가 변명하듯 대답하자 정영태는 정말로 덩실덩실 춤을 추기 시작했다.

"얼씨구!"

그 정신 나간 모습에 스태프들이 그를 바라보곤 고개를 절레절레 저었다.

"감독님, 여기 1번 카메라도 안 꺼졌는데요?"

병원으로 이송된 카메라 감독을 대신해서 촬영 장비를 체크하던 조감독이 검은 재 등으로 더럽혀진 카메라를 들어 보이며 말했다.

"좋구나!"

정영태가 그 말에 더욱더 신나 몸을 들썩이며 어깨춤을 췄다.

9장

그림자

그날 이후로도 사건사고는 계속되었다. 정말 영화에 마가 끼었나 싶을 정도로 사고가 끊이지를 않은 터라 정영태 감독을 비롯한 스태프들은 굿이라도 한 판 해야 하나 고민했다.

물론 카메라 감독이 불길에 직격당한 것만큼 큰 사고는 없었지만, 배우나 제작진의 입장에서는 매번 간담이 서늘해지지 않을 수가 없었다.

그래도 다행이라면 다행인 것이 매번 장택근을 비롯한 몇몇 인물이 빠르게 대처한 덕에 부상자가 생기지는 않았다.

사건사고로 인해 촬영 스케줄이 엉망이 되는 것과는 별개로 영화에 대한 기대치는 계속해서 커져만 갔다.

이 모든 게 다 몸을 아끼지 않는 배우들과 제작진의 의욕이 빚어낸 사고라 생각하면서도 그들은 의욕의 불꽃을 꺼뜨리지 않았다.

나중에 가서는 감독도 배우도 스태프도 악에 바쳐 촬영을 이어가는 판국이 되었다. 체력적으로도 한계에 몰린 상황이었지만 그들은 마치 촬영팀을 내내 따라다니는 불운에 맞서 싸우기라도 하듯 투지를 불태웠다.

"오늘도 무사히!"

이제는 마치 인사말이나 다름없이 되어버린 구호를 외치며 제작진이 촬영을 시작했다. 엔딩이 가까워질수록 배우나 제작진이나 얼굴에 피로가 더욱 짙어졌지만, 카메라가 돌 때만큼은 그 모든 것이 무색하게 열기가 흘러넘쳤다.

그리고 그렇게 모든 촬영이 끝이 났다.

분량 여부를 따지지 않고 단역, 조연, 주연 할 것 없이 모두가 한자리에 모였다. 오랜만에 촬영장에 나온 단역배우들은 만신창이가 된 주, 조연배우들을 보며 놀란 표정을 지어 보였다.

얼굴에는 피로한 기색이 그득하고, 어기적거리며 촬영장을 돌아다니는 몸의 이곳저곳에 크고 작은 흉터가 가득하다. 게다가 눈빛은 어떠한가. 처음에는 그토록 서글서글하던 눈매들이 이제는 살기마저 보일 지경이다.

몇 달 만에 변한 것이라고 생각하기에는 그 변모가 너무도 컸다. 이래서야 이들이 영화 촬영을 한 것인지, 아니면 자신들 모르는 사이에 어디 중동의 내전에라도 참전하고 온 것인지 알 수가 없었다.

하지만 그런 날카로운 눈매와는 다르게 제작진과 배우들의 관계는 끈끈하기만 했다. 말단 스태프며 감독 할 것 없이 친근하게 서로를 대하는 배우들을 보자니 단역배우들은 왜 촬영팀 식구라는 말이 나왔는지 알 수 있었다.

"자, 우리 그럼 기념사진 한 방 박읍시다!"

부러운 얼굴로 카메라 감독 강명구와 서로를 얼싸안으며 영화의 대미를 자축하고 있는 장택근을 바라보던 단역배우들이 조감독의 말에 표정이 밝아졌다.

어떤 식으로든 자신의 흔적을 남긴다는 것이 너무도 반가운 탓이다. 그런 그들의 곁으로 장택근과 김상경을 비롯한 주, 조연 배우들이 끼어들었다.

"같은 식구끼리 너무 내외하지 맙시다."

김상경이 그리 말하며 아역배우를 안아 들었다. 일전의 홍보 영상 촬영에 함께한 아역배우는 그의 품보다는 임수진의 품을 더 원하는 것 같았지만, 눈치가 없는 건지 그도 아니면 모르는 척하는 건지 김상경은 아이를 놓아주지 않았다.

장택근은 한 단역배우의 곁에 서며 반가운 척을 했다.

"전에 화재 신에서 경찰관으로 나오신 분이죠? 반가워요."

분량도 얼마 되지 않는 자신을 기억해 준 그에게 감동한 모양인지 단역배우는 벅찬 얼굴을 해 보였다.

"자, 자! 여배우들은 보기 좋게 흩어집시다! 괜히 여배우들끼리 뭉치면 남자들 있는 쪽이 음침해지니까!"

모처럼 신이 난 정영태 감독이 임수진을 비롯한 여배우들을 마구 이리저리 끌고 다니며 배우들 사이에 끼워 넣었다.

"으으, 근데 이거 벗고 하면 안 됩니까!"

김우영이 방화복의 목깃을 잡으며 소리를 치는데 사람들은 낄낄거리며 웃어댈 뿐 어느 누구도 대답하지 않았다.

"인마, 나중에는 입고 싶어도 입을 일이 없다."

김상경이 등 뒤에 세워진 빨간색 펌프차를 손으로 두들기며 그에게 말했다.

방금 전에 막 촬영을 끝낸 탓에 재가 잔뜩 묻어 어디까지가 분장인지조차 분간가지 않는 얼굴을 한 소방관 역의 배우들은 벌써부터 아련한 눈을 하고 있다.

"우씨. 그럼 빨리 찍어요!"

김우영의 투정에 사람들은 다시 한 번 웃음을 터뜨렸다. 사람들의 웃음소리에 애정이 가득한 것이 그래도 촬영을 하는 동안 꽤나 가까워진 듯 분위기가 무척 훈훈했다.

처음에는 천덕꾸러기 취급을 받은 그이지만 이제 와서는 귀여운 막냇동생 취급을 한다.

그게 다 정도를 벗어날라 치면 바로 제지에 들어간 장택근과 이우혁 덕분이었는데, 원체 기본도 없는 연기인지라 어떻게 보면 〈심장이 뛴다〉의 배우 중에서 연기력의 상승이 눈에 두드러져 더욱더 사랑을 받았을 것이다.

"자, 다들 준비 되셨습니까!"

조감독이 삼각대에 올려놓은 카메라의 각을 조종하며 사람들을 보고 물었다.

"눈 깜빡여도 다시 안 찍습니다!"

으름장 아닌 으름장을 놓은 그가 카메라의 타이머를 설정해 놓고는 부리나케 사람들을 향해 뛰어들었다.

플래시가 짧게 여러 번 깜박이다가 한 번 크게 터졌다. 그리고 이어지는 찰칵 하는 셔터 소리. 사람들이 환호성을 내질렀다.

"정말 끝났다!"

마지막 기념사진 촬영까지 끝나고 나니 정말로 영화 촬영이 끝났다는 실감이 든 것인지 제작진과 배우들이 소리를 지르고, 저들끼리 얼싸안고, 또 더러는 눈물을 흘리며 길었던 촬영 기간의 소감을 표현했다.

"수고했어!"

정영태 감독의 수고했다는 말에 장택근이 뺨을 긁적였다.

"수고는요. 아직 오디오 작업 남았잖아요."

아무래도 소음이 심한 야외 촬영이 대부분이다 보니 음향 작업은 불가피하게 다시 할 수밖에 없었다. 아마도 어지간한 대사는 전부 더빙 처리할 것이다.

"그거야 뭐 금방이지. 이제 편집하는 애들하고 나만 죽어나는 거지, 뭐."

정영태 감독답지 않은 엄살에 사람들이 눈을 동그랗게 떴다.

"생각해 봐. 110분 정도로 잘라야 하는데, 이게 내 보기에는 고르기가 쉽지 않을 것 같다는 말이지. 진짜 우리 촬영 분 중에 버릴 게 있기나 해? 전부 다 주옥같은 장면들이구만."

사건사고가 많았던 만큼 한 장면 한 장면에 열의를 갖고 촬영에 임한 배우들과 제작진 일동이 고개를 끄덕였다.

"감독님, 그렇다고 제 분량 자르시면 안 돼요!"

그 사이로 임수진이 불쑥 끼어들어 샐쭉한 얼굴로 말하니 정영태 감독이 과장된 얼굴로 호들갑을 떨었다.

"어이쿠! 우리 수진 씨 분량은 전부 살려드려야죠. 분량이 적으면 여주 체면이 뭐가 됩니까!"

"약속했어요? 아니다. 나중에 편집할 때 저도 좀 불러주세요. 감독님 못 믿겠으니까."

겁도 없이 감독의 고유 권한을 건드리는 그녀의 말에도 사람들은 그저 웃을 뿐이다. 원래부터 정영태 감독과 친하기도 한 그녀이거니와 그간 촬영이 없는 날에도 현장을 찾아와 간식거리 등으로 사람들을 위문한 그녀의 성정을 진즉 파악하고 있는 탓이다.

"네, 네, 분부대로 하겠습니다요!"

별 시답지도 않은 농담을 하며 사람들은 나름의 방법으로 성취감과 보람, 그리고 이유 모를 허전함을 해소했다.

"자, 그럼 다들 밥이나 먹으러 갑시다! 오늘 빠지는 놈은 통편집이야!"

"그럼 스태프는 빠져도 되요?"

"그럼! 빠져도 되지! 대신 이번에 빠지면 앞으로도 쭉 빠진다고 생각하고 빠져!"

"에이! 그런 게 어딨어요!"

"감독 맘이다! 왜!"

유치하고 조잡스러운 농담에도 사람들은 웃음을 터뜨렸다. 그렇게 영화 〈심장이 뛴다〉의 촬영은 끝이 났다.

*　　　　*　　　　*

"잠깐만 다시 감아봐."

정영태 감독의 말에 편집기사가 인상을 찡그렸다.

"또 왜요?"

말은 그리하면서도 착실하게 정영태 감독이 지목한 장면으로 화면을 되감았다.

"인마, 그만 좀 구시렁대. 돈 값은 해야지."

완전히 화면에 눈을 고정한 그가 편집기사에게 핀잔을 주고는 다시 말했다.

"어라? 이거 왜 이러냐? 아직 CG 작업은 들어가지도 않았구만."

"CG는 무슨 CG타령이에요. 이제 막 순서 맞춰놨구만."

편집시가가 정영태의 손가락이 가리킨 한 지점을 보고는 고개를 갸웃거렸다.

"여기, 여기 한번 재생해 봐."

그의 말에 편집기사가 화면을 뒤로 감고는 이내 재생시켰다.

오디오 작업을 거치지 않은 탓에 현장의 소란스러움이 그대로 화면 속에서 흘러간다. 정영태와 편집기사는 눈을 가늘게 뜨고 화면을 노려보았다.

화면 속에는 소방관 복장을 한 장택근이 불길을 헤치는 시늉을 하며 걸음을 옮기고 있었다. 마스크와 헬멧 탓에 드러난 부분이라고는 눈밖에 없었지만 편집기사는 감탄했다.

"이 친구, 내가 신 배열하면서부터 느낀 건데 눈빛이 진짜 죽이는데요? 전에 박준규 감독님하고 도살자 찍은 친구 맞죠?"

"어, 맞아."

건성으로 편집기사의 말에 대답한 정영태는 손을 들어 그의 입을 막았다.

장택근의 등 뒤로 검은 연기 같은 것이 따라다니고 있었다. 처음에는 그저 잘못 보았나 했지만 이상할 정도로 뿌연 연기가 오히려 그의 눈에는 선명하게 보였다.

"저리 비켜!"

화면 속의 장택근이 소방용 도끼를 들어 올리며 외쳤다. 잡음도 꽤나 많이 섞였지만 현장감 하나만큼은 일품이었다. 산소마스크 탓에 억눌린 듯한 음성에 숨소리까지 그대로 드러났다.

그리고 장택근이 소방용 도끼를 내려치는 순간 그의 등 뒤를 따라다니던 검은 연기가 훅하고 꺼지더니 그 자리에 불꽃이 튀며 불길이 피어올랐다.

"저거, 저거!"

정영태가 그 모습을 보며 눈을 부릅떴다.

"저 날 갑자기 불이 옮겨 붙어서 식겁했다고! 가뜩이나 사고 많아서 후달리는데 콘티에도 없는 불꽃이 튀잖아!"

"발화장치 잘못 설치한 거 아니에요? 딱 보니까 발화장치 구만."

"인마, 내가 영화 밥을 얼마나 먹었는데 그걸 구분 못하겠냐. 그리고 저 장면은 통 CG라서 불 하나도 안 깔았어."

호들갑을 떠는 그의 모습에 편집기사는 어깨를 으쓱했다. 아무리 저렇게 말을 해도 그가 보기에는 별다를 것이 없었다.

아무리 영화감독이라도 촬영 기간 내내 있던 모든 일을 정확하게 기억하는 것은 아니니 아무래도 강행군 속에서 뭔가 착각한 모양이라고 생각했다.

그런데 편집기사에게도 한 가지 마음에 걸리는 것이 있었다. 장택근의 뒤를 내내 따라다니던 검은 연기 뭉치. 그것만큼은 그도 조금은 의아했다. 화면에 묻은 얼룩이라고 하기에는 그 모습이 너무도 생생했다.

게다가 정영태 감독과 호흡을 맞춘 〈심장이 뛴다〉의 카메라 스태프들은 하나같이 경력이 화려한 베테랑들이다. 그런 그들이 장비 관리를 그렇게 허술하게 하지는 않았을 것이다.

속으로 이상하다 생각했지만 그는 모르는 척 시치미를 뗐다. 여기서 감독의 장단을 맞춰주다가는 밤새도록 같은 화면을 보고 또 봐야 할 것이다. 그는 모르는 척 화면을 스윽 넘겼다.

"일단 다 보자고요. 오늘 분량 다 잘라내야죠."

"아이씨! 다시 감아!"

정영태가 성질을 부렸지만 그는 못 들은 척 화면을 그대로 재생시켰다.

"아, 좀!"

"이따가 다시 보라니까요. 혹시 알아요. 또 이상한 거 있을지."

정영태의 성질에도 편집기사는 천연덕스럽게 지껄여 댔다. 한 화면에 꽂히면 백 번 천 번도 넘게 보는 이 편집증 감독의 신경을 어떻게든 다른 곳으로 분산시켜야 한다는 생각에서였다.

"어?"

그리고 그는 곧 자신의 말을 후회해야 했다. 영상의 이곳저곳에서 이상한 것들이 발견된 탓이다. 하지만 그는 당장 오늘도 쓸데없는 작업에 열을 올려야 한다는 짜증보다는 호기심이 일었다.

유독 장택근이라는 배우가 등장하는 신에서만 계속해서 발견되는 이상한 조짐에 그는 나중에 가서는 감독이 말을 하기도 전에 저 혼자 화면을 되감고 재생하고 확대하며 호들갑을 떨었다.

"뭔가 이상한데요."

한참을 그렇게 화면을 재생하던 편집기사가 어깨를 움츠

리며 말했다. 방금 전까지만 해도 무언가 장난감을 발견한 어린아이처럼 신나 하던 그의 얼굴이 어쩐지 하얗게 질려 있다.

"음……."

정영태 감독 역시 화면 속의 장택근과 그를 내내 따라다니는 무언가를 바라보며 억눌린 소리를 내뱉었다.

잠시 화면에서 눈을 돌린 편집기사가 몸을 떨었다. 여름에도 켜나마나이던 에어컨이 오늘만큼은 지나칠 정도로 제 역할을 하는지 편집실의 공기가 서늘했다.

*　　　*　　　*

"김 작가 보기에는 어때?"

정영태 감독이 뭔가 알 수 없는 미묘한 감정이 잔뜩 묻어나는 얼굴로 묻자, 김지명 작가는 어쩐지 창백한 얼굴로 어깨를 으쓱였다.

"글쎄요. 나야 글만 쓸 줄 알지 이런 거 볼 줄 아나."

그의 대답이 기대와는 다른지 정영태가 미간을 모았다.

"그래도 감상은 있을 거 아니야."

정영태의 재촉 아닌 재촉에 김지명이 조심스럽게 물었다.

"뭐, 촬영할 때 렌즈에 뭐가 묻었다거나 한 건 아니고?"

"벌써 확인했지. 명구나 다른 애들 경력이 얼만데 기본적

인 점검도 없이 그런 실수를 하겠어. 아니, 그보다 움직이잖
아. 김 작가는 못 봤어?"

화면의 한 귀퉁이, 정확하게는 장택근의 등 뒤를 가리키며
정영태가 답답하다는 투로 이야기해 보지만 김지명은 여전히
애매하다는 표정이다.

"그럼 그런 거 아닌가? 전에 듣기로는 영화 촬영장에서 귀
신 보면 대박 난다던데."

"그건 그냥 귀신이 보였을 때고, 이건 실제로 사고가 생겼
잖아. 김 작가, 작가가 그렇게 상상력이 없어?"

정영태가 가슴을 치며 묻자, 김지명이 여전히 핼쑥한 얼굴
로 대꾸했다.

"뭔데? 응? 무슨 얘기가 하고 싶은 건데? 말을 해야 알지."

아무래도 정영태는 누군가 자신과 똑같은 감상을 말해주
기를 바란 모양이다. 뭔가 잔뜩 실망한 얼굴을 한 그가 고개
를 절레절레 저었다.

"아니, 내가 무슨 궁예도 아니고 정 감독 속을 어떻게 알
아. 그렇게 사람 바보 만들지 말고 말을 해보라니까."

이제는 김지명이 답답한 표정이 되어 그를 재촉했다. 그 말
에 정영태가 뭔가 못마땅한 얼굴로 한숨을 내쉬더니 정색을
하고는 이야기했다.

"우리 이걸로 이야기 한번 짜내봅시다."

그 생각지도 못한 말에 김지명이 미처 의미를 깨닫지 못하고 눈만 껌뻑여 댔다.

"소방관 김형준, 내내 그를 따라다니는 정체불명의 그림자. 뭔가 느낌이 안 와?"

"속편이라도 찍자는 거요, 뭐요?"

뜬구름 잡는 소리만 지껄여 대는 정영태의 태도에 슬슬 짜증이 나는지 김지명이 불퉁거렸다.

"속편? 아니, 지금 영화 촬영한 것도 다 편집 못한 마당에 무슨 속편."

정말 대화하기 피곤한 스타일이다. 제 할 말만 하고 상대방의 질문은 제대로 듣지를 않으니 김지명이 피곤한 얼굴을 해 보였다.

"아니, 그럼 말을 똑바로 하든가. 정 감독은 모르겠지만 우리같이 글 쓰는 사람들한테는 지금 이 시간이 꼭두새벽이라고. 사람을 꼭두새벽부터 불렀으면 용건을 제대로 말해야지 뭔 뜬구름 잡는 소리야."

아침 9시면 마냥 이른 것은 아니지만 주로 밤 시간에 집필 활동을 하는 그의 입장에서는 한참 숙면을 취하고 있을 시간이었다.

그런데 막 잠이 들기가 무섭게 전화를 그렇게 해대더니 막상 면전에 두고는 알 수 없는 소리만 해댄다.

그의 입장에서는 짜증이 날 만도 했다.

"이제 얘기하려고 했지. 김 작가도 감독판이라는 이야기 들어봤지?"

"아……."

그제야 슬슬 그는 정영태 감독이 무슨 말을 하고 싶은 건지 알 수 있었다.

"촬영 다 끝났잖아. 근데 뭘 또 찍어?"

"끝나긴 뭐가 끝나. 감독이 안 끝났다면 다시 나와야지."

그의 안하무인격의 태도에 김지명은 결국 길게 한숨을 내쉬었다. 이러니 흥행보증수표임에도 사람들이 기피한다고 생각한 그는 점잖게 정영태를 타일렀다.

"부르면 나오기야 하겠지만, 명백하게 말해서 이거 계약 외 촬영 아닌가? 계약할 때는 감독판이니 뭐니 그런 것도 없었고. 카메라 렌즈 덮었으면 끝난 거야."

"카메라 뚜껑이야 다시 열면 되는 거고, 계약 문제야 내 알 바 아니고. 그런 건 저기 책상에 앉아서 계산기 잘 두들기는 사람들이 하는 거지 나는 영화만 찍으면 돼."

이런 맹목적인 면모가 그를 거장이라 불리게 만든 모양이다. 말로야 의견을 구하는 투이지만 막상 들어보니 이미 혼자 결론까지 내린 모양새다. 김지명은 다시 한 번 한숨을 내뱉었다.

"왜, 별로야?"

"아니, 진짜 정 감독은 사람 피곤하게 만드는 스타일이야. 주변에서 그런 이야기 안 들어봤어?"

김지명의 핀잔에도 정영태는 여전히 눈을 빛내며 그의 대답을 재촉했다.

"그래서 할 거야, 안 할 거야?"

"이야기나 들어봅시다."

마지못해 맞춰주는 기색이 역력한 김지명이지만, 정영태는 그것만으로도 만족한 모양이다. 입꼬리를 쭉 찢은 그는 자신의 머릿속에 있는 기획을 꺼내 들었다.

"연이어진 화재, 그리고 그 뒤에 숨겨진 미스터리, 소방관을 따라다니는 그림자. 어때? 감이 팍팍 오지 않아?"

"어차피 엔딩 뒷만 고치는 거 아니야? 뭐가 그렇게 거창해? 그리고 이야기가 쉽게 연결될까?"

"나야 그런 건 모르지. 이야기를 쓰는 건 김 작가니까."

그 무책임한 대답에 김지명이 결국 참지 못하고 와락 인상을 찡그렸다.

"이 사람이 정말······."

"그러지 말고 한번 해봅시다. 뭐 거창하게 갈 것도 없이 그냥 불이, 그래, 화마가 살아 있는 존재이고, 김형준이하고 마지막 대결을 펼친다, 이런 정도면 돼."

스토리랄 것도 없이 그저 제 머릿속에 번뜩이는 단어 몇 개를 툭툭 던지고는 은근한 눈으로 자신을 바라보는 정영태의 모습에 김지명은 이제는 화도 나지 않았다. 맥이 빠진 듯 그는 고개를 절레절레 흔들었다.

"일 크게 벌일 것 없이 장택근이만 불러서 깔끔하게 며칠 찍자고."

"아, 몰라!"

김지명이 버럭 짜증을 내며 자리에서 일어났다.

"김 작가! 어디 가! 대답을 해줘야지!"

그대로 갔다가는 버선발로 집까지 쫓아오기라도 할 것 같은 정영태의 모습에 김지명은 통명스럽게 대꾸했다.

"며칠 찾지 마! 스토리 나오면 다시 연락할 테니까!"

10장

어둠

〈심장이 뛴다〉의 촬영이 끝난 지도 벌써 사흘이다. 장택근은 그 사흘이라는 시간 동안 도통 잠을 제대로 잘 수가 없었다. 아니, 그가 잠을 이루지 못한 것이 비단 사흘뿐이랴. 영화가 본격적으로 시작한 이후 그는 내내 불면증에 시달렸다.

　　그리고 촬영이 끝난 지금에 와서는 그 스스로 잠자는 것을 기피하는 지경이 되었다.

　　"후우……."

　　자꾸 감기려는 눈을 억지로 뜨며 그는 거울을 보았다. 차가운 물로 세수를 한 탓인지 퀭한 얼굴이 이제는 창백해 보일 지경이다.

악몽, 그림자.

요 근래 그를 지겹도록 따라다니는 두 가지다. 처음부터 이상하다 생각했다. 차동수와의 일이 마무리되며 스스로도 잊고 지냈지만, 아마존에서 들러붙은 괴이쩍은 존재는 하나가 아니었던 모양이다.

충무로 영화판에서 잔뼈가 굵을 대로 굵은 스태프와 감독마저도 의아해할 정도로 연달아 터진 사고. 처음에는 소품과 장치를 전담하는 스태프에게 책임을 묻고 안전에 관해서라면 만전을 기했으나 사고는 여전히 끊이지 않았다.

이번 촬영에는 마가 꼈다는 괴소문마저 떠돌 지경이 되었고, 그 터무니없는 미신을 증명하듯 몇 번이나 아찔한 순간이 연출되었다.

그나마 다행인 것은 처음 몇 번의 사고 탓인지 스태프든 연기자든 낌새가 이상하다 싶으면 몸을 아끼지 않고 사고를 수습해 댄 덕에 인명사고는 일어나지 않았다.

그리고 다른 사람이라면 몰라도 장택근은 지금의 상황이 정상이 아니라는 것쯤은 쉽게 알 수 있었다.

왜 모르겠는가. 차동수를 정리하기 전까지만 해도 그렇게나 그를 따라다니던 불운인 것을.

게다가 친동생처럼 생각하는 윤신애 역시 그 악운에 휘말려 목숨을 끊을 뻔했다. 그런 일이 있었음에도 자신이 그 일에 대해 까맣게 잊고 있었다는 것이 오히려 이상할 지경이다.

한동안 잠잠하던 악몽을 다시 꾸기 시작한 것은 홍보 촬영 직후였다. 처음에는 며칠에 한 번씩 꾸던 것이 이제 와서는 잠깐이라도 잠이 들라 치면 가위에 눌리듯 괴로운 시간이 이어졌다.

깨어나고 생각해 보면 떠오르는 것이라고는 검은 그림자, 그리고 재규어뿐이었다.

당최 무슨 꿈을 꿨는지조차 기억이 나지 않았지만 한 가지 확실한 건 꿈을 꾸고 나면 그날 하루는 기분이 정말 더럽게도 좋지 않다는 것이다.

끈적끈적한 무언가가 달라붙은 것처럼 내내 불쾌함이 지속되었다. 당연하게도 신경은 날카로워지고 사소한 일에도 화가 솟구쳤다.

그럴 때면 평소라면 그냥 지나갔을 일도 소소하게 넘기지 못하고는 화를 내게 되었다.

그래서였을 것이다. 며칠 전에 이지원과 크게 다투었다. 이제 와서는 이유가 뭔지 기억도 잘 나지 않는 이유로 짜증을 내니 어지간한 그의 짜증은 다 받아주던 그녀가 잔뜩 굳은 얼굴로 사라져 버렸다.

그 이후로 더 이상 연락이 오지 않았다.

악순환이다. 울리지 않는 휴대폰을 부여잡고 있자니 더욱

화가 났다. 그리고 그렇게 화가 나니 세상 모든 것에 다 짜증이 났다.

연락이 없는 이지원도, 자신을 걱정하는 추영훈도, 그리고 자신에게도 화가 났다.

"후우……."

그는 다시 한 번 숨을 길게 내뱉으며 기분을 다스려 보았다. 몇 번이나 길게 숨을 내쉬고 들이마시다 보니 부글부글 끓어오르던 속이 조금은 진정되었다.

하지만 그렇게 화가 가라앉았다고 해도 가슴이 갑갑한 것은 마찬가지다.

처음 이사 왔을 때까지만 해도 그렇게나 커다랗던 집이 지금은 마치 새장처럼 답답하게만 느껴졌다.

숨이 턱턱 막히는 기분에 그는 무작정 차키를 챙겨 들고 집을 나섰다. 그렇게 그는 차를 몰고 출발했다.

목적지도 행선지도 없었다. 그저 막연하게 이 갑갑함을 해소할 수 있는 곳으로 가고 싶을 뿐이다. 그는 본능적으로 교통이 혼잡하지 않은 도로를 찾아 다녔다. 그렇게 한산한 도로를 찾아 달리다 보니 조금씩 차의 속도가 올라갔다.

도로 주변의 건물이 점차 낮아진다. 처음에는 빽빽하게 들어서 있는 고층 빌딩들로 답답하던 시야가 이제는 어느 순간이 되자 탁 트였다.

"후아아아!"

그는 잠시 커브 길을 지나느라 속도가 낮아진 김에 컨버터블 카의 상부를 열었다. 처음 이 차를 받을 때까지만 해도 부담스럽게만 느껴지던 기능이 지금은 그렇게나 반가울 수가 없었다.

도심가를 벗어난 탓에 상쾌한 공기가 단번에 그의 폐를 꽉 채웠다. 초가을의 서늘한 공기를 한참이나 마시고 내뱉으니 뒤늦게 숨통이 트였다.

그렇게 그는 한참을 달렸다.

"어?"

도심을 벗어나고도 한참을 달려대던 장택근은 뒤늦게 정신을 차렸다. 무작정 갑갑한 마음을 달래고자 달리다 보니 너무 멀리 온 모양이다.

좁은 도로 양편으로 초가을에도 푸른 잎을 간직한 울창한 수풀이 가득 늘어서 있다.

주변을 둘러보았지만 도통 지금 자신이 있는 곳이 어딘지 알 수 없었다. 천천히 가다 보면 뭔가 나오겠지 싶어 설렁설렁 차를 몰아갔다.

아까와는 달리 갑갑한 속이 어느 정도 가신 뒤라 그런지 마음이 한결 여유로웠다.

그런데 정말 멀리 나온 모양이다. 문득 생각해 보니 톨게이트도 지난 것 같다.

마음이 진정된 지금에 와서 생각해 보니 정말로 정신이 어떻게 되기라도 했는지 의문이 들 정도로 충동적인 행동이었다. 그렇지 않아도 늦은 시간에 나온지라 이제는 사위에 어둠이 짙게 깔려 있었다.

시골이고 뭐고 별 구경은 꿈도 못 꾸겠구나.

새까만 장막을 쳐놓은 듯 까맣기만 한 하늘에 별 한 점 보이지 않았다. 고개를 절레절레 저은 그는 헤드라이트의 불빛을 의지해 천천히 차를 몰아갔다.

이정표라도 나오면 방향을 가늠할까 싶어 한참을 가봤지만 보이는 것이라고는 여전히 짙게 어둠이 깔린 수림뿐이었다.

서울 근교에 이런 곳이 있었나 싶다.

고개를 갸웃거린 그는 차량에 탑재된 GPS를 켰다.

'GPS NAVIGATION SYSTEM LOADING'

5인치나 될까 말까 한 조그만 화면에 왠지 모르게 익숙하게만 느껴지는 문구가 떠올랐다.

화면에 조그맣게 떠오른 문구를 보는 순간 온몸이 차게 식어버렸다. 때마침 불어오는 초가을의 서늘한 바람에 몸이 으슬으슬했다. 괜스레 몸을 떨어댄 그는 개방해 놓은 차량의 상부를 다시 덮었다.

하지만 그렇게 찬바람을 막아도 왠지 모르게 차 안의 공기는 차갑기만 했다.

"뭐가 이렇게 느려?"

아무래도 무작정 달리다 보니 꽤나 외진 곳까지 나온 모양이라고 생각한 그는 투덜거리며 GPS를 껐다 켰다.

딸칵. 스슥.

순간 GPS의 온오프 스위치에 손가락을 댄 상태 그대로 그는 온몸이 굳어버렸다. 딸칵 하는 소리 사이로 이질적인 소음이 귀를 파고들었다.

심장이 뚝 하고 떨어졌다. 차갑게 식어버린 몸이 긴장으로 팽팽하게 조여들었다. 방금 전까지만 해도 평화롭던 기분이 순식간에 사라지고 그 자리를 불길함이 차지했다.

쏴아아아아!

그 순간 온 수풀이 흔들렸다. 어디서 그렇게 강한 바람이 불어오는 것인지 크고 작은 나무 할 것 없이 온몸을 떨어대며 잎사귀를 떨궈냈다.

바람 소리였나?

자꾸만 고개를 쳐드는 불길한 예감과 위화감에 그는 마른 침을 삼키며 애써 대수롭지 않게 넘어가려 했다. 짙게 그림자가 진 녹빛의 수림을 보다 보니 떠오르는 것이 있었지만 그는 고개를 저었다.

여기는 대한민국이야.

몇 번이나 되뇌며 숨을 가다듬어 보았지만 마치 악몽의 한 가운데에 있는 듯한 음습한 공기 탓인지 목구멍이 끈적끈적하게 달라붙었다.

스슥.

또다시 심장이 뚝 하고 떨어졌다. 귓가를 파고드는 이질적인 소리가 너무도 선명했다.

저도 모르게 사방을 둘러보았지만, 쿠페 차량의 좁은 창 사이로 보이는 것이라고는 여전히 으스스하게 몸을 떠는 나무뿐이었다.

여전히 먹통인 GPS 화면을 보며 그는 마른침을 삼켰다. 마치 모래라도 집어삼킨 것처럼 거칠거칠한 목을 쓰다듬은 그는 천천히 차를 몰아갔다.

기분 탓인지 아까보다 한층 더 어두워진 듯한 시야에 그는 라이트를 한 단계 조정했다. 노란 불빛에 노출된 좁디좁은 도로가 한층 더 음산해 보인다. 시야가 방금 전보다는 트였지만 그는 오히려 더욱 불안해졌다.

차량의 노란 라이트가 멀리 퍼져 나가는 만큼, 그 주변의 어둠이 더욱더 짙어진 탓이다.

타이어가 마른 도로를 밀치는 소리가 고요함 속에서 유독 크게 들렸다. 천천히 차를 몰아갔지만 여전히 도로는 코너 하나 없이 쭉 뻗어 그 끝이 보이지 않았다.

스슥.

그 순간 세 번째로 기이한 소리가 들려왔다. 저도 모르게 차를 급정거한 그는 재빠르게 눈을 굴렸다. 여전히 보이는 것은 없었다.

그는 마른침을 꿀꺽 넘기며 엑셀을 밟았다. 부와아앙 하는 힘찬 엔진 음과 함께 계기판의 엔진 회전 속도가 가파르게 올라갔다. 속도계 역시 순식간에 60을 넘고 금세 100을 넘었다.

야밤에 숲길을 달리며 이런 속도라니, 누가 보면 미친놈이라 손가락질을 할 것이다. 하지만 그는 지금 이 순간 그런 것은 아무래도 좋았다.

이 재수 없는 숲을 빠져나갈 수만 있다면 시속 200킬로미터인들 어떠랴. 페달을 밟은 오른발에 더욱더 힘을 주었다. 이제 보이는 것이라고는 노랗게 조명을 받은 도로와 좌우로 스쳐 가는 새까만 어둠뿐이었다.

그렇게 얼마나 달렸을까. 숲은 여전히 끝이 나지 않았다.

그는 이를 악물었다. 이제는 조금씩 그 실체를 드러내는 불길함에 저절로 온몸에 힘이 들어갔다. 애써 외면하려 했지만, 지금의 그는 흡사 악몽의 한가운데에 서 있는 듯한 기분이 들었다.

아니, 그때 그대로인가.

잊었다고 생각한 기억들이 스멀스멀 머릿속을 채워 나간

다. 스스로도 놀라울 정도로 선명하게 떠오르는 기억에 비명이라도 지르고 싶은 심정이다.

그 진녹빛의 미로 속에서 겪어온 끔찍한 나날들이 머릿속을 온통 지배하기 시작했다. 고개를 흔들었다.

그럴 리가 없어. 여긴 대한민국이야.

애써 스스로를 다독여 보지만 불안감과 이 끔찍할 정도의 위화감은 사라지지 않았다. 그 순간 등 뒤로 차가운 기운이 흘러내렸다.

마치 수천 개의 차가운 손이 등골을 훑어내듯 온몸이 차갑게 식고 뒷목을 타고 끈적끈적한 숨결이 닿았다.

고개가 빳빳하게 굳었다. 당장 등 뒤를 돌아보고 싶었지만, 한편으로는 돌아보고 싶지 않았다. 침을 꿀꺽 삼키며 그는 천천히 눈동자를 굴렸다. 그리고는 한숨을 내쉬었다.

룸미러에 비친 뒷좌석에는 아무것도 보이지 않았다. 목덜미에 닿았던 끔찍한 감촉이 순식간에 사라졌다.

저도 모르게 한숨을 내쉰 그는 눈을 부릅뜨고는 브레이크 페달을 힘껏 밟았다. 액셀러레이터 페달을 밟았을 때보다 배는 더 과격한 동작에 차가 비명을 지르며 이리저리 몸을 비틀었다.

"크윽……."

요동치는 운전대를 꽉 틀어잡고 그는 어떻게든 중심을 잡았다. 차체가 돌아갈 듯이 꿀렁거리다가 한참 만에 멈춰 섰다.

"허억허억!"

운전대에 고개를 파묻은 그는 숨을 몰아쉬었다. 마치 수백 미터를 전력 질주한 것처럼 심장이 벌컥거리며 뛰어댔다. 그렇게 한참을 숨을 가다듬던 그는 고개를 번쩍 들었다.

지나친 급정거 탓인지 자욱하게 피어오르는 흙먼지가 노란 불빛에 반짝반짝 빛을 내며 온 사방을 떠다녔다.

잠시 멍하니 그 모습을 바라보고 있던 그는 마른침을 삼키며 안전벨트를 풀었다. 키를 뽑아내는 그의 손이 부들부들 떨렸다.

방금 전까지만 해도 굉음을 토해내며 도로 위를 질주하던 엔진이 그대로 멈춰 섰다. 그리고 온 세상이 침묵 속에 잠겨 버렸다.

그런 고요함 속에서 그가 차문을 열고 내려서는 소리가 끔찍할 정도로 멀리 울려 퍼졌다.

비틀거리며 차에서 내린 그는 잠시 온 도로에 깊게 파인 스키드마크를 보았다. 이리저리 그어진 그 선명한 흔적에 온몸에 닭살이 돋았다.

조금만 잘못했으면 차체가 균형을 잃고 그대로 뒤집혔을 것이다. 그는 길게 숨을 내뱉었다. 안도의 한숨이라고 하기에는 지나치게 무거운 숨결을 토해낸 그는 호주머니에서 휴대폰을 꺼내 들었다.

플래시 앱을 작동시킨 그가 잠시 아직도 보이지 않는 도로의 끝을 바라보다가 이내 고개를 돌렸다. 그리고는 휴대폰을 앞으로 내밀고는 자신이 지나온 길을 되짚어 가기 시작했다.

워낙에 속도가 빨랐던 탓인지 재빠르게 브레이크를 밟았음에도 타이어 자국은 한참이나 이어져 있었다. 그렇게 삐뚤빼뚤한 선을 따라 올라가던 그는 문득 그대로 멈춰 섰다.

분명 무언가를 봤는데 도로에는 아무런 흔적이 없었다.

어마어마한 속도로 달리고 있었음을 감안하면 도로 위에 있던 무언가는 차를 피했을 가능성이 없다.

하지만 기이하게도 도로 위에는 그저 흉물스러운 타이어 자국만이 남아 좀 전의 급박하던 상황을 알려줄 뿐 그 어떤 다른 흔적도 보이지 않았다.

차라리 다행이었다.

만약 자신이 본 것이 맞았다면 자신은 살인자가 됐을 것이다. 그가 그렇게나 위험천만하게 급제동을 한 것은 차창 너머로 보인 사람 그림자 때문이었으니까.

안도의 한숨을 내쉰 그는 몸을 돌렸다. 그리고는 그대로 굳어버렸다.

방금 전에 자신이 되짚어 온 길이 새까만 어둠에 덮여 버렸다. 휴대폰의 플래시가 닿지 않는 길 너머는 마치 아무것도 없는 것처럼 온통 어둠밖에 보이지 않았다.

플래시를 이리저리 흔들어 대니 어둠이 이리저리 몸을 비켜주었다.

도대체 무슨 생각을 하는 것이냐.

순간적으로 어둠 속에 내동댕이쳐진 듯한 기분이 든 그는 고개를 절레절레 저으며 걸음을 옮겼다. 걸음을 옮기기 전까지만 해도 플래시의 불빛이 닿는 곳 너머의 길이 사라진 것은 아닐까 걱정한 그의 염려와는 다르게 휴대폰의 불빛은 꾸준히 어둠을 밀어냈다.

긴장이 풀렸다. 연이어진 돌발 상황과 기이한 느낌에 잔뜩 긴장하고 있던 몸이 조금은 가벼워졌다. 그리고 그제야 그는 뒤늦게 자신의 온몸이 땀으로 흥건하게 젖었음을 깨달았다.

불길함이 자리하고 있던 그 자리를 불쾌함이 대신했다.

초가을의 선선한 바람이 스쳐 가니 그래도 조금은 끈적끈적함이 가시는 기분이 들었다. 그렇게 얼마나 걸음을 옮겼을까. 그는 고개를 갸웃거렸다.

이렇게나 많이 걸어왔었나?

얼핏 생각하기에도 10분은 걸어온 것 같은데 여전히 차가 보이지 않았다. 아무리 방금 전에는 사고라도 낸 줄 알고 경황이 없었음을 감안해도 무언가 이상했다.

그의 걸음이 빨라졌다. 하지만 여전히 보이는 것이라고는 쭉 뻗은 탁한 빛깔의 도로뿐이다. 그의 걸음이 더욱 빨라졌다. 그리고 나중에 가서는 마치 무언가에 쫓기기라도 하듯 내달리기 시작했다.

하지만 여전히 차는 보이지 않았다. 그제야 그는 자신의 불길한 예감이 그저 신경과민이 아니었음을 깨달았다.

그리고 그 순간 그의 귓속을 파고드는 소리가 있었다.

사삭.

누군가가 낙엽을 밟는 듯한 소리 같기도 하고,

사삭.

누군가가 양손을 마주 비벼대는 소기 같기도 했다.

사사삭.

그리고 그 소리는 조금씩 가까워지고 있었다.

장택근은 천천히 고개를 돌렸다. 불안에 떨리는 눈동자가 사방을 훑어댔지만, 보이는 것이라고는 여전히 짙게 그림자가 진 숲과 휴대폰의 노란 불빛이 오갈 때마다 이리저리 비산하는 흙먼지뿐이었다.

사사사삭.

환청이 아니었다. 신경과민에 빠진 그 스스로 만들어낸 소리도 아니고, 그렇다고 바람에 낙엽이 쓸려가는 소리 또한 아니었다.

선명하게, 그리고 일정한 간격으로 들려오던 소리가 점차 가까워졌다. 그리고 마침내 그가 소리의 방향을 가늠했을 때 소리는 그대로 멈춰 버렸다.

장택근은 자세를 낮추고 울창한 숲의 한구석을 노려보았다. 휴대폰의 플래시를 쏘아보지만 빛은 숲의 언저리에도 닿지 못하고 스러졌다.

불안과 공포로 복잡하게 버무려져 있던 그의 얼굴이 서서히 굳어갔다. 얼굴 가득 떠올라 있던 공포가 조금씩 옅어지더니 이내 그 자리에 남은 것이라고는 끔찍할 정도의 무표정뿐이다.

사실 그가 느낀 공포는 미지의 존재에 대한 공포가 아니었다. 그런 존재라면 지긋지긋하도록 겪어왔고, 불과 얼마 전에도 화마라는 껍데기 속에서 만났으니까.

정말 그가 두려워하는 것은 '악몽'이었다.

그 끔찍한 나날을 이겨내고 간신히 돌아왔다. 그리고 수없이 많은 낮과 밤을 보내며 지금 이 자리에 서 있다.

그런데 만약 그 모든 것이 꿈이었다면?

사랑하는 이지원도, 친누나 같은 진재영도, 해맑은 윤신애도, 대중의 열화와 같은 성원도, 또 관심도, 〈도살자〉도, 〈체크메이트〉도, 〈심장이 뛴다〉도 모든 게 거짓이라면?

자신은 여전히 악몽의 한가운데를 살아가는데, 그 끔찍한 삶 끝자락에 겨우 붙잡은 것이 그토록 달콤하고 허무한 꿈이었다면…….

생각만 해도 끔찍했다. 아니, 끔찍하다는 말로 표현하기에는 부족했다.

하지만 지금 이 순간 수풀 너머에서 자신을 훔쳐보고 있을 미지의 존재를 느끼며 장택근은 안도했다.

꿈이 아니다. 다만 이건 악몽보다 질이 나쁜 무언가의 장난질일 뿐이다.

그가 무표정한 얼굴로 수풀 너머를 노려보며 휴대폰의 플래시를 그대로 꺼버렸다. 순식간에 어둠에 잠겨든 온 세상 속에서 그는 잠시 숨을 가다듬었다.

그의 샛노란 눈동자가 어둠의 한구석을 사납게 노려보기 시작했다.

때마침 불어온 바람에 온 숲이 몸을 떨며 음산하게 울었다. 마치 이 세상의 것이 아닌 듯한 그 소리에 장택근은 어금니를 꽉 깨물고 숲의 한구석을 노려보았다.

짐승의 눈동자처럼 어둠 속에서 빛나던 그의 눈동자가 서서히 숲의 윤곽을 잡아갔다. 처음에는 그저 어둠뿐이던 세상이 조금씩 실체를 보이다가 끝에 가서는 어슴푸레하게나마 완전히 모습을 드러냈다.

그렇게 드러난 음산한 세상 속에 지독스러울 정도로 이질적인 존재가 그를 바라보고 있다. 수풀에 가려진 탓에 언뜻언뜻 윤곽만이 보이는 '그것'은 사람 그림자였다.

긴 머리를 풀어헤치고 어두운 숲에 몸을 숨긴 채 자신을 말없이 지켜보는 그것은 숲의 그림자 속에서도 가장 깊고 탁한 검은 빛을 띠고 있었다.

지독스럽게 비현실적이고 끔찍스러울 정도로 괴기스럽다. 마치 입체적인 세상 속에서 '그것'만큼은 평면인 듯 음영이니 뭐니 할 것 없이 까맣기만 한 그림자의 모습에 장택근은 사납게 이를 드러냈다.

"나와!"

마치 짐승이 목을 울리는 듯한 음성으로 외쳐보지만 그림자는 미동도 하지 않았다. 그는 다시 한 번 소리치려다가 이내 입을 다물었다. 모래라도 잔뜩 집어삼킨 것처럼 거북스러운 느낌에 거친 숨소리를 내뱉었다.

그렇게 그림자와 노려보고 있기를 한참, 검은 점이라도 찍어둔 것처럼 까맣기만 하던 그림자가 움직이기 시작했다. 지독스러울 정도로 느릿느릿한 동작으로 숲을 헤치며 천천히 다가오는 그림자의 모습에 장택근의 눈빛이 더욱더 사납게 빛을 발했다.

마치 억겁과도 같은 시간이 지나고, 숲을 완전히 벗어난 그림자가 도로 위에 올라섰다. 좀 전과는 달리 몸을 가릴 것 하나 없는 휑하디휑한 도로에 섰음에도 불구하고 그림자는 여전히 까맣기만 했다.

다만 아까보다는 선명한 실루엣을 보며 그림자가 여성의 모습을 하고 있다는 사실을 깨달을 수 있었다.

마치 마네킹과도 같이 잘빠진 그것이 천천히 그에게 다가
섰다.

그는 이를 악물고 숨을 거칠게 몰아쉬며 그림자에게 마주
다가섰다. 그리고 마침내 그림자와 숨결이 닿을 만큼 가까워
진 그 순간 장택근은 찢어질 듯 눈을 부릅떴다.

그림자의 윤곽이 어딘지 모르게 익숙했다. 풍성한 머리에
그 중심에 위치했을 자그마한 얼굴, 기다랗게 뻗은 목까지 모
든 것이 완벽할 정도의 곡선을 그리는…….

"너?"

그는 저도 모르게 그림자의 어깨를 부여잡았다. 잔뜩 쉬어
버린 목소리로 짧게 말하는데 그림자가 하얀 이를 드러냈다.
가지런한 이를 보며 그는 다시 한 번 찢어질 것처럼 눈을 부
릅떴다.

그리고 그 순간 어둠뿐이던 세상이 흔들리기 시작했다.

＊　　　＊　　　＊

드르르륵.

몽롱함과 부유감, 그리고 지독스러울 정도로 비현실적인
감각, 눈을 껌벅거리지만 자신이 무엇을 보고 있는지조차 모
를 정도로 깊게 가라앉은 의식.

드르르르르륵.

익숙하기만 한 소리를 들으며 천천히 그의 의식이 수면 위로 떠오른다.

드르르륵.

그렇게 한참을 귀에 거슬리는 소리를 듣고 있던 그는 벌떡 몸을 일으켰다. 초점조차 제대로 잡히지 않은 눈동자로 사방을 둘러본 그는 한숨을 토해냈다.

꿈이었나.

땀으로 흥건하게 젖은 온몸에 들러붙은 끈적끈적한 감촉에 그는 몸서리를 쳤다. 마치 끔찍스러운 악몽이 아직도 들러붙어 떨어지지 않는 것처럼 몸이 무거웠다.

드르륵.

아직까지 사라지지 않은 위화감에 그가 멍하니 앉아 있는데 다시 한 번 그를 깨우는 소리가 들려왔다. 침대 밑에 둔 전화기가 온몸을 떨어대며 위태롭게 가장자리에 걸쳐져 있다.

턱.

멍하니 바라보고 있는 사이에 결국 침대에서 떨어져 내리는 휴대폰을 장택근은 반사적으로 잡아챘다. 충전기에 꽂아 놓은 탓인지 조금은 뜨거운 휴대폰의 감촉에 그는 저도 모르게 안도의 한숨을 내뱉었다.

그 서늘하고 차가운 바람에 둘러싸여 있던 그때에는 온 세상에 온기 한 점 찾을 수 없었다. 평소라면 신경도 쓰지 않았을 핸드폰의 열기에 그는 괜스레 마음이 차분하게 가라앉았다.

드르륵.

그 순간 몸을 떨어대는 휴대폰 탓에 그는 뒤늦게 지금의 상황을 깨닫고는 전화 화면을 터치했다.

[뭐야? 자고 있었어?]

허스키하면서도 어딘지 모르게 쾌활한 음성, 진재영이었다.

"아, 누나……."

이래저래 꿈이 너무도 생생한 탓인지 사람 목소리를 듣고 나서야 그는 마음이 놓였다. 끔찍스러울 정도로 정적이고 고독하던 악몽을 깨우는 그녀의 음성에 그는 길게 숨을 내쉬었다.

[뭐야? 정말 자고 있었던 모양이네. 지금 시간이 몇 신데……!]

그녀의 호들갑스러운 음성에 그는 문득 시간을 확인했다. 17시 32분, 오후가 지나도 한참은 지난 시간이다.

"끄응. 하루 종일 잤나 봐. 으으. 아직도 잠이 깨지를 않네."

그가 앓는 소리를 하니 그녀가 걱정과 핀잔이 반반 섞인 투로 말했다.

[그래서 오늘 나올 수 있겠어?]

"오늘요? 오늘 왜?"

[이거이거, 안 되겠네. 완전히 까먹고 있잖아!]

그녀의 음성에 그가 고개를 갸웃거렸다. 오늘 뭔가 특별한 일이 있던가.

하지만 너무 오래 잠을 잔 모양인지 머리가 제대로 돌아가지를 않았다. 한참을 끙끙대며 기억을 해내려 노력해 보지만 떠오르는 것이라고는 선명하던 악몽의 한 자락뿐이다.

그러고 보니 그게 누구였을까.

마지막 순간 서서히 윤곽을 드러내던 그 오밀조밀한 이목구비를 떠올리며 그는 고개를 다시 한 번 앓는 소리를 냈다.

[뭘 그렇게까지 용을 쓰고 그래. 그냥 말해주려던 참인데.]

그녀의 말에 장택근은 상념에서 깨어났다.

"미안해, 누나. 요즘 너무 정신없이 살았더니 도통 생각이 나지를 않네."

[됐어. 오늘이 우리 구조된 지 3년째 되는 날이잖아.]

그제야 그는 그녀가 호들갑스러울 정도로 유난을 떤 이유를 알 수 있었다.

"벌써 그렇게 됐나?"

[그래, 시간 참 빠르지? 오늘이 벌써 3년째란다.]

그의 착 가라앉은 음성에 그녀도 한결 무거워진 어조로 대꾸해 왔다.

오늘은 그들이 구조대와 만난 지 꼭 3년째가 되는 날이었다. 몇 주간이나 내리던 비가 그치고 처음으로 동굴을 나선 날, 오늘이 바로 그날이었다.

[어쨌든 준비하고 빨리 나와. 조금 있으면 애들 다 올 거야.]

"알겠어. 빨리 갈게."

[늦지 마. 처음으로 오늘 같은 날 네 명이 모이는 거니까.]

"전화를 끊어야 안 늦게 준비를 하지, 이 사람아."

[쳇. 알았어. 그럼 이따가 봐.]

그렇게 통화를 마친 그는 침대에서 몸을 일으켰다. 잠깐 사이에 땀이 식어버린 모양인지 아까처럼 불쾌할 정도로 온몸이 끈적끈적하진 않았다.

"아다다다닷!"

요란한 소리를 내뱉으며 기지개를 켠 그는 타월 한 장을 집어 들고는 욕실로 향했다.

솨아아아아!

가만히 떨어지는 샤워기의 물줄기를 맞고 있다 보니 그나마 남아 있던 몽롱함마저 사라져 버렸다.

"휴우."

한숨을 길게 빼던 그는 다시 한 번 고개를 갸웃거렸다.

근데 대체 뭐였지? 분명 꿈속의 나는 그 '것'을 알고 있다고 생각했는데 꿈을 깨고 나니 그게 누구였는지 도통 기억이 나지를 않았다.

아니, 이제 와서는 자신이 마지막에 보았던 그림자가 남자였는지 여자였는지조차 생각나지 않았다.

하지만 악몽을 꾼 게 이번 한 번도 아니고 일일이 다 신경 쓰다가는 신경쇠약으로 쓰러지기에 딱 알맞아 그는 애써 찝 찝함을 털어내었다.

하지만 그가 미처 생각하지 못한 부분이 있었다. 어제까지 만 해도 이상할 정도로 갑갑하고 피곤하던 자신이 오늘은 마치 다른 사람이 되기라도 한 것처럼 아무렇지도 않다는 사실이다.

그것이 좋은 일인지 나쁜 일인지는 알 수 없었지만, 지금의 그는 콧노래를 부르며 나갈 준비에 한창이었다.

＊　　　＊　　　＊

준비를 끝마친 그는 선글라스를 끼고 엘리베이터에 올라 탔다. 콧대 위에 올려놓은 선글라스의 감촉이 시간을 가리지 않고 어색하지 않을 걸 보면 스스로도 연예인이 다 된 모양이 라고 생각한 그는 피식 웃었다.

띵.

엘리베이터 문이 열리며 20대 중반으로 보이는 여성이 들 어섰다. 괜스레 놀란 장택근은 후드를 더욱 깊게 눌러쓰며 선 글라스를 고쳐 썼다.

여자가 그런 그를 수상하다는 눈으로 바라보았다. 아무래도 요즘 세상이 뒤숭숭하다 보니 좋지 못한 사건이라도 떠올리는 눈치다.

그 시선이 너무도 피부에 와 닿은 장택근은 괜스레 유난을 떨었다며 후회했지만 이제 와서 태도를 바꿀 수도 없었다.

"어흠."

헛기침을 하며 휴대폰을 꺼내 들고는 괜스레 진재영에게 전화를 했다.

"어, 누나. 난데, 지금 출발해."

[늦지 말라니까. 지금 벌써 시간 다 되어가는 거 알지?]

약속 시간에 조금 아슬아슬한지라 전화를 했다가 괜히 구박만 받은 그는 본전도 건지지 못하고 통화를 종료했다.

그래도 진재영의 목소리가 꽤나 컸던 탓에 여자가 방금 전처럼 장택근을 수상한 사람 보듯이 쳐다보지는 않았다.

뒤에서 입을 비죽이던 그는 문득 눈앞의 여자를 보며 생각했다. 그러고 보니 자신을 경계할 만했다.

뒷모습일 뿐이지만 들어갈 곳은 들어가고 나올 곳은 나온 굴곡 있는 몸매를 한 그녀는 제법 예쁜 편이었다. 잘 기억이 나지는 않지만 얼굴도 제법 예뻤던 것 같았다.

이런 미모라면 그간 이런저런 사람들에게 시달려왔던 경험이 없지는 않을 터, 하물며 요즘 같은 시기라면 자신을 경계하지 않는 것이 도리어 이상한 상황이었다.

그가 최대한 자신은 수상한 사람이 아니라고 온몸으로 어필하고 있는 사이에 엘리베이터가 목적지에 도착했다.

떵 하는 소리와 함께 엘리베이터 문이 열리고, 그는 눈앞의 여자를 지나쳤다. 드르륵 하고 등 뒤로 문이 닫히는 소리를 들으며 자신의 차를 향해 걸음을 옮기던 그는 순간 멈칫하며 걸음을 멈추었다.

그러고 보니 여기가 최하층인데?

꽤나 고층에서 탑승한 그녀인데 기껏 최하층까지 내려와서는 내리지를 않다니. 뭔가 이상했지만 그는 그리 개의치 않았다. 두고 온 물건이 있다거나 또는 자신에 대한 경계를 풀지 않아서 내리지 않았을 수도 있었다.

그런데 뭔가 발걸음이 떨어지지 않았다. 그저 흔히 있는 일일 뿐인데 그는 어쩐지 방금 전의 여자가 신경 쓰이기 시작했다.

하지만 그는 애써 자신의 신경과민을 탓하며 다시 걸음을 옮겼다. 서늘한 지하주차장의 공기가 어딘지 모르게 답답했다. 한시라도 빨리 주차장을 벗어나기 위해 그는 주차장의 가장 구석에 주차되어 있는 자신의 차에 올랐다.

"어라?"

막 차의 시동을 건 그는 차창 너머로 또각또각 걸음을 옮기는 여자를 보며 눈을 크게 떴다. 방금 전 엘리베이터에 있던 여자인데 역시나 장택근을 경계한 나머지 조금은 늦게 내린 모양이다.

싱겁게 웃은 그는 막 차를 출발시키려는데 문득 그녀가 누군가를 닮았다는 사실을 깨달았다.

"지원이 닮았구나."

예쁘장한 얼굴이 어쩐지 낯이 많이 익다 했더니 이지원을 닮았다. 목구비도 그렇고 옷 입는 스타일도 그렇고, 마치 이지원을 흉내라도 낸 듯한 그녀의 모습에 그는 고소를 지었다.

강남 성형외과에 지원이 사진을 내미는 여자가 한둘이 아니라지.

워낙에 팬 층도 다양하고 여신과도 같은 외모로 유명한 그녀이니만큼 충분히 있을 수 있는 일이라 그는 이내 머릿속에 남아 있던 찝찝함을 털어내었다.

그의 쿠페가 조용히 지하주차장을 빠져나갔다.

『얼라이브』7권에 계속…